KB123961

로크미디어가
유혹하는
재미있는 세상

이것이 법이다

이것이 법이다 92

2020년 7월 8일 초판 1쇄 인쇄
2020년 7월 13일 초판 1쇄 발행

지은이 자카예프
발행인 이종주

총괄 김정수
경영 지원 배진경 임혜솔 송지유

기획 이기헌 왕소현 박경무 강민구
책임 편집 최전경

발행처 (주)로크미디어
출판등록 2003년 3월 24일
주소 서울시 마포구 성암로 330 DMC첨단산업센터 3층 318호, 319호
Tel (02)3273-5135 **편집** 070-7863-8592 **Fax** (02)3273-5134
홈페이지 rokmedia.com **E-mail** rokmedia@empas.com

ⓒ 자카예프, 2015

값 8,000원

ISBN 979-11-354-5676-3 (92권)
ISBN 979-11-255-9575-5 04810 (세트)

이것이 법이다

92

자카예프 장편소설

로크미디어

CONTENTS

손발부터 자르자

김소라의 말을 들은 후 노형진은 계획을 바꾸었다.

일단은 그 미친놈을 유지영의 주변에서 잘라 내는 것부터 시작하기로 했다.

그리고 고연미는 그런 노형진에게 그 방법을 배우겠다고 바로 달려왔다.

연예인이었던 그녀는 스토커로 인한 피해가 얼마나 큰지 누구보다 잘 알고 있었기 때문이다.

"유지영 씨의 주변에서 박철신을 잘라 냅시다. 일단은 그 녀석이 회사에서 잘리도록 해야 합니다."

"그건 좋은 방법이에요. 하지만 회사에서 과연 그를 자를까요? 사실 이런 말 하긴 그렇지만, 자르기 쉬운 건 유지영 씨지 박철신이 아니잖아요.”

입사한 지 얼마 안 된 새내기.

그에 반해 박철신은 구르고 또 구른 경험자다.

업무 경험도, 담당하고 있는 업무의 중요성도 다 박철신이 높다.

“이걸 회사에 항의한다고 해도 유지영 씨가 잘리는 걸로 끝날 거예요. 대부분의 사건이 그랬는걸요.”

“물론 알리면 그럴 겁니다. 하지만 저는 알리지 않을 생각입니다.”

“네? 어째서요?”

“일단 안전의 문제 때문이죠.”

유지영이 잘린다 해도, 그녀가 100% 안전해진다는 의미는 아니다.

박철신이 언제든 찾아갈 수 있기 때문이다.

“하지만 유지영 씨가 아닌 박철신이 잘리게 되면 최소한 방어해야 하는 거점은 줄어들죠. 잘린 사람이 사내에서 계속 활개 치고 다니도록 하는 회사는 없으니까.”

“아하!”

요즘 어지간한 회사는 다 보안에 신경을 쓴다.

당연히 유지영이 다니는 회사 역시 직원 카드가 없으면 입장조차도 불가능하다.

“하지만 유지영 씨가 잘리면 반대가 됩니다. 우리가 커버

해야 할 지점이 너무 많아집니다."

당장 그녀는 다른 일자리를 구하기 위해 구직 활동을 시작해야 하는데, 그러면 동선이 너무 많아진다.

"하지만 잘리면 박철신은 시간이 많이 남게 되잖아요."

"아무리 박철신이 잘려서 시간이 남아돈다고 해도 접근할 수 없다면 안전은 어느 정도 보장되지요."

"그렇다면 박철신을 어떻게 잘라 내느냐가 관건이네요."

어찌 되었건 박철신은 나름대로 인정받고 있는 사람이다.

인성이 나쁘다고 해서 일을 못하는 건 아닌지라 그는 일을 무척이나 잘하는 사람으로 정평이 나 있었다.

"조만간 과장에서 부장으로 승진한다는 이야기도 있고요."

"그러면 라이벌에게 힘을 실어 주는 건 어때요? 노 변호사님이 그런 방법 자주 쓰시잖아요."

"이번에는 그렇게 하기가 힘듭니다."

다른 승진 대상자가 없는 건 아니지만 이미 승패는 결정되었고 라이벌이라고 할 만한 사람도 없다.

"그렇다고 다른 파벌을 이용하자니, 사실상 박철신의 파벌이 회사를 지배하고 있습니다."

그러니 이쪽에서 다른 파벌의 힘을 올려 준다고 해 봐야 그다지 효과도 없거니와 일만 더 복잡해진다.

"결국 그만두게 함과 동시에 파벌에서 잘리게 해야 한다는 거네요."

"그렇지요."

"하지만 어떻게요? 이야기를 들어 보니 회사에서 잘릴 만한 사회적인 잘못은 한 게 없는 것 같은데."

차라리 범죄를 저지른 인간이라면 처벌은 쉽다.

뇌물이니 횡령이니 하는 것 말이다.

하지만 박철신은 최소한 그런 행동은 하지 않았다.

웃기지만, 스토킹이 위험한 범죄이기는 하나 감정으로 인해 발생하는 것이기 때문에, 그가 딱히 범죄자 성향을 가지고 있다거나 과도한 욕심으로 공금에 손을 대는 타입은 아니었던 것이다.

"그의 위험한 행동을 자극하는 거죠."

"그의 위험한 행동?"

"네. 사람은 남의 문제라면 신경도 안 씁니다. 하지만 자기 문제가 되면 이야기가 달라지지요."

"그게 무슨 말이죠?"

"스토킹의 대상이 다른 사람인 것처럼 바꿔치는 겁니다."

"바꿔친다고요?"

"네. 전에 보복을 하려고 했던 놈처럼요."

"아!"

예전에 노형진은 보복을 하려고 찾아온 범죄자를 다른 판사에게 보복하려고 하는 것처럼 꾸밈으로써 그가 더욱 강력한 처벌을 받게 만드는 데 성공했다.

이것이 법이다

"대부분의 경우 스토킹은 이성에게 일어나지 동성에게 일어나지는 않습니다."

"그건 그렇지요."

"그리고 재미있는 사실이 있더군요."

노형진은 사진을 하나 꺼내서 내밀었다.

그걸 본 고연미는 흠칫했다.

"이 여자, 누구예요?"

"그 회사 파벌의 대표인 조영구 이사의 하나뿐인 외동딸입니다. 조신혜."

"이 사람이요?"

"네. 비슷하지 않습니까?"

"어, 음…… 비슷하기는 하네요."

입고 있는 옷도, 헤어스타일도, 심지어 피부 톤도 상당히 비슷했다.

"이게 어떻게 된 거죠? 설마 유지영 씨를 이 여자 대신 스토킹 한다거나 하는 그런 미친 상황?"

누가 봐도 너무 비슷한 모양이었으니까.

하지만 노형진은 고개를 흔들었다.

미친놈은 그런 식으로 움직이지 않으니까.

"아닙니다. 우연입니다."

"우연?"

"젊은 여성들은 유행에 민감하니까요."

쉽게 말해서 이런 옷이 요즘 젊은 여성들 사이에서 유행하는 스타일이라는 것이다.

"물론 외모를 보면 확연히 다르지요. 하지만 뒤에서 보면 상당히 비슷합니다. 체형도 비슷하고요."

"그러면……?"

"네, 사진을 찍는 데에는 충분하지요."

뒤에서 헷갈리게만 할 수 있다면 박철신이 다른 여자를 따라가게 하는 것은 어려운 일이 아니었다.

"무리예요, 무리."

그런데 의외로 고연미는 고개를 흔들었다.

"왜요?"

"이 옷 말이에요. 절대 유지영 씨가 살 만한 수준의 옷이 아니에요."

"아니라고요?"

"네. 저도 변호사이기 이전에 여자라고요. 거기에다가 아이돌까지 했던 사람이고. 이 마크 보이세요?"

"네."

"이거 명품 브랜드예요."

핸드폰으로 그 브랜드를 찾아서 노형진에게 보여 주는 고연미.

"이거 보이세요, 이 가격? 이런 말 하긴 그렇지만, 유지영 씨가 우리에게 준 의뢰비보다 이 옷이 훨씬 더 비싸요."

유지영이 새론에 지불한 의뢰비는 300만 원선.

그런데 옷값은 무려 1,200만 원이다.

"물론 이 비슷한 옷을 구하는 게 쉬운 건 아닙니다만."

노형진은 안다는 듯 고개를 끄덕거렸다.

거대 그룹의 파벌을 이끄는 이사의 외동딸.

그런 여자가 시장에서 흔하게 파는 옷을 사서 입고 다닐 이유는 없다. 최소한 백화점에서 산 옷을 입고 다닐 것이다.

"걱정하지 마세요. 우리에게는 우리만의 필살기가 있습니다."

"필살기?"

⚖️

"이거 있습니까?"

노형진은 몇 장의 사진을 내밀었다.

그러자 상인은 그걸 힐끔 보았다.

"뭐 하게?"

"뭐 하긴요, 사려고 하지."

"흠……."

미심쩍은 얼굴로 올려다보는 남자.

그럴 수밖에 없으리라.

여자 옷을 남자가 사러 왔다. 그것도 여러 벌을.

"경찰 아닙니다."

노형진은 신분증을 내밀며 말했다.

"의뢰인의 신분을 위장할 일이 있어서요."

"그래?"

남자는 고개를 끄덕거리더니 가게 안쪽으로 들어갔다.

그리고 서류철에 들어가 있는 카탈로그를 꺼내 왔다.

"어디 보자, 이 모델은…… 이거네. 사이즈는?"

"스몰입니다. 아, B급으로 주십시오."

"B급?"

"네, 그냥 비슷하기만 하면 되거든요."

"티 많이 나는데?"

"상관없습니다. 잠깐만 속일 거라서요."

"뭐, 나야 상관없지. 아까 이거랑 뭐라고 했지?"

남자는 몇 번 상품을 확인하더니 어디론가 사라졌다.

고연미는 신기한 듯 주변을 바라보았다.

"소문은 들었지만 이런 곳이 있는 줄은 몰랐어요."

"짝퉁의 전당이죠, 후후후."

짝퉁의 전당.

그러니까 쉽게 말해서 가짜를 파는 곳이라는 소리다.

"사람들은 가방만 가짜가 있다고 생각하지만 옷도 그런 거 많습니다."

옷에서 가방, 신발, 벨트까지, 명품 브랜드는 대부분 짝퉁 수요가 존재한다.

이것이 법이다

다만 가방이 제일 유명할 뿐이다.

"그런 만큼 찾으려고 하면 못 찾을 건 없지요."

잠시 후 남자는 옷을 꺼내서 가지고 왔다.

그걸 받아 든 고연미는 고개를 갸웃했다.

"어? 좀 다른데요."

아주 비슷한 패턴이긴 하지만 색감도 느낌도 미묘하게 달랐다.

"가짜도 급이 있거든요."

재질까지 복제한 SS급부터, 모양만 아주 비슷하게 만든 소위 말하는 A급, 그리고 대충 흉내만 낸 B급까지.

"그리고 가격도 천차만별입니다. SS급 정도만 해도 상당한 가격이지요. 가짜라고 하지만요. 애초에 원단 자체가 비싸니까요."

"아아."

고연미는 고개를 끄덕거렸다.

"그렇겠네요."

"의외네요. 이런 것에 대해 잘 아실 줄 알았는데."

"소문이야 많이 들었지만 저야 아이돌 생활할 때는 다 협찬으로 살았으니까요."

"무슨 뜻인지 알겠습니다."

성공을 하기 전에는 이런 걸 살 돈이 없었을 테니까.

물론 아이돌로 어느 정도 얼굴을 알린 것은 사실이지만,

아주 큰 돈을 벌기 전에 그녀는 그 세계를 떠났으니까.

"고연미 변호사님이 머리 질끈 묶고 추리닝 입고 법전 파고드는 모습이라……. 궁금해지는데요?"

"윽, 흑역사 파고들지 말죠, 서로."

"아, 저는 한 번에 수석으로 통과했습니다. 흑역사 따위 없습니다."

정확하게는, 그 흑역사는 회귀와 동시에 이미 사라졌다.

"와, 사람 진짜 미워지려고 하네."

고연미는 툴툴거리면서 받아 든 옷을 다시 남자에게 건넸다. 그러자 남자는 그걸 포장해 줬다.

"지금 이미 조신혜에게 사람을 붙여 놨습니다. 그동안 그녀가 입은 옷을 골라서 산 거죠. 이제 유지영 씨는 아침마다 그날 그녀가 입고 나간 옷을 골라서 입고 나가면 됩니다."

노형진은 눈을 반짝거렸다.

"그러면 박철신은 그런 유지영을 따라올 테고요, 후후후."

"그걸 어떻게 알아요?"

"스토커가 왜 스토커인지 아시지 않습니까? 후후후."

유지영은 노형진의 말대로 아예 막나가기로 했다.

물론 일을 하지 않고 탱자탱자 논다는 게 아니었다.

"저 오늘 일찍 퇴근할게요."

칼퇴근.

직장인들의 꿈이지만 차마 하지 못하는 행동.

그걸 하라고 했다.

"어디 가는데?"

칼퇴근이라는 말이 나오자 눈이 돌아가는 박철신.

그리고 그의 희번덕거리는 눈빛에 유지영은 침을 꼴깍 삼켰다.

'위험하지만…… 해야 해.'

그러지 않으면 계속 당할 테니까.

"데이트요."

"데이트?"

"네. 남자 친구랑 만나기로 했어요."

"뭐! 너 지금……!"

버럭 소리를 지르려던 박철신은 주변을 둘러보다가 이를 박박 갈며 목소리를 낮췄다.

"내가 지금 만만하냐? 어?"

"전에 말씀드렸다시피 전 남자 친구가 있어요. 죄송합니다. 저 먼저 퇴근할게요."

법적으로 정시 퇴근을 회사에서 뭐라고 할 수는 없다, 당연히.

그녀가 갑자기 돌변해서 나가 버리자 직원들은 서로 목소리를 낮춰서 수군거리기 시작했다.

"유지영 씨 곧 그만두려나 본데?"

"아, 씨발. 저 개 같은 과장 때문에 또 이 지랄이네."

"어쩌겠어. 제대로 통제를 안 해 주는데."

"쉿! 이쪽 본다."

서로 떠들던 사람들은 박철신이 일어나자 재빨리 자기 자리로 돌아갔다.

"뭣들 해, 지금! 일을 하자는 거야, 아니면 수다를 떨겠다는 거야!"

소리를 버럭 지른 박철신. 그는 눈깔이 뒤집혀 있었다.

"나 외근 나가니까 그렇게 알아!"

"네? 하지만……."

일반적으로 대기업의 과장급이 되면 외근할 일이 별로 없다. 그쪽에서 도리어 들어와야 하니까.

그런데 외근이라니?

"뭐야? 불만 있어?"

"아닙니다."

재빨리 고개를 돌리는 직원들.

그러자 박철신은 옷을 들고 나가 버렸다.

그가 나가자마자, 일하던 남자 직원 한 명이 슬쩍 핸드폰을 들고 열심히 문자를 보내기 시작했다.

―지영 씨, 조심해. 미친놈이 눈깔 뒤집고 나갔어. 지영 씨 따라가는 것 같으니까 절대로 마주치지 마.

⚖️

노형진은 유지영의 옆에서 그걸 보고는 피식 웃어 줬다.

"그래도 회사에서 인망이 좀 있나 보네요."

"같은 미친놈을 상대하는 처지니까요."

딱히 부탁을 한 것도 아닌데 문자를 보낸 걸 보면 아무래도 어지간히 걱정이 되는 모양이었다.

"이렇게 문자를 보내 줘서 고맙기는 한데, 따라오게 해야 한다니."

눈을 살짝 찡그리는 유지영.

그럴 수밖에 없는 게, 지금 계획의 핵심이 박철신이 그녀를 따라오는 데 있기 때문이다.

"어쩔 수 없습니다. 이 미친놈을 여기서 쳐 내지 않으면 유지영 씨가 잘립니다. 힘들게 들어간 회사 아닙니까?"

"맞아요."

그 미친놈만 아니라면 사실 문제가 될 것이 없는 회사다.

그 미친놈 때문에 머리가 아플 뿐.

"그런데 따라 나올 거라는 건 어떻게 아신 거예요?"

"스토커니까요."

스토커의 기본 성향이 상대방을 감시하고 통제하려는 것이다.

스토커라는 존재가 위험한 건 자신을 좋아해서가 아니다.

"대부분의 경우 스토커들은 사랑을 이야기합니다. 물론 스토킹과 사랑이 묘하게 닮은 곳도 있긴 하지요."

지금이야 박철신과 유지영의 나이 차도 조건도, 일반적인 사회적 시선을 기준으로는 사랑과 좀 거리가 있어 보이기는 하지만 말이다.

"하지만 스토킹은 비슷한 상황에서도 발생하거든요."

같은 나이에 비슷한 생활수준, 거기에다 접점이 존재한다면 분명 사랑처럼 보인다.

"하지만 스토킹에는 기본적으로 집착적 통제가 따라오죠. 그래서 많은 사람들이 스토킹을 사랑으로 알고 결혼했다가 고통 받기도 합니다."

그들은 상대방이 자신의 통제에서 벗어나면 어쩔 줄 몰라 한다.

그래서 매일같이 감시하고 압박하며 상대방을 숨이 막히게 한다.

"그래서 대부분의 스토커들은 운이 좋게 사랑으로 발전한다고 해도 심각한 의처증, 의부증 증세를 보입니다."

애초에 스토킹이라는 것 자체가 자존감이 너무 낮아서 발생하는 것이니까.

"그리고 유지영 씨는 남자를 만나러 간다고 했지요."

남자를 만나러 간 스토킹 대상을 스토킹 가해자가 가만둘 리 없다.

몰랐으면 모를까, 안 이상 반쯤 미쳐서 날뛰어야 정상이다.

"그러니까 안 나올 수가 없지요."

"그런데, 그러면 더 위험한 거 아니에요?"

안 그래도 미쳐서 날뛰고 있는 인간이다.

그런 상황에서 더 위험하게 만든다는 것은, 유지영 입장에 서는 이해할 수가 없는 행동이었다.

"단기적으로 보면 그렇습니다. 하지만 장기적으로 보면 좀 다를 수 있지요."

"다를 수 있다고요?"

"네. 일단 중요한 건, 그가 유지영 씨를 따라다니게 하는 겁니다."

"하지만 전 남자 친구를 만나러 갈 생각이 없는데요."

지금도 위험한 놈인데 남자 친구를 만나면 무슨 짓을 할지 모른다.

"그러실 필요는 없습니다."

진짜로 남자 친구를 만나게 할 거라면 이렇게 대놓고 그를 끌어들이지는 않았을 것이다.

"우리가 갈 곳은 다른 곳입니다."

"다른 곳이라고 하면?"

"혹시 강남 좋아하십니까?"

"네?"

"강남에 끝내주는 클럽이 있다고 하더군요, 후후후."

"못 들어갑니다."

강남에는 여러 클럽이 있다.

일반적으로 클럽의 입구는 하나뿐이고, 그 입구에는 그곳을 지키는 사람이 있기 마련이다.

"뭐라고?"

박철신은 자신을 막는 남자를 눈을 찌푸리고 노려보았다.

하지만 남자는 단호했다.

"지금 그 복장으로 클럽에 들어가시겠다고요?"

소위 말하는 '입뺀', 그러니까 '입장 뺀치'.

딱 봐도 늙어 보이는 나이.

거기에다가 개나 소나 다 입고 다니는 양복.

명품도 아닌 싸구려 국내 브랜드인 게 한눈에 보이는 복장.

"이 안에 내 여자 친구가 있다고!"

"그러면 전화를 걸어서 불러내세요."

"야! 너 내가 누군지 알아!"

"당신이 누군지 알 필요 없고, 알고 싶지도 않습니다."

"너…… 너…… ."

"당장 돌아가세요. 아니면 예약을 하시든가."

클럽은 돈을 벌기 위해 운영되는 공간이다.

당연하게도 복장이든 뭐든 상관없이 돈만 내면 들어갈 수 있다.

물론 그 조건이 까다롭지만.

"예약? 그래, 예약이 얼만데?"

"오늘은 자리 없고 사흘 뒤에 자리가 있는데, 400만 원입니다."

"뭐라고?"

박철신은 입을 쩍 벌렸다.

400만 원. 한 달 월급 대부분을 처박아야 하룻밤 술값이라는 거다.

"야! 너 안 비켜?"

"저리 꺼지라고 했습니다."

박철신이 어떻게든 들어가려고 눈을 부라리지만 마주 눈을 번득이는 남자.

그리고 뭔가 이상하게 돌아가는 걸 알아채고는 스윽 다가오는 기도.

그 기도를 보면서 박철신은 자신도 모르게 입술을 깨물 수밖에 없었다.

"고맙습니다."

노형진은 히죽 웃으며 말했다.

사실 클럽에 현관만 있는 것은 아니다. 직원들이 다니는 뒷길도 있기 마련이다.

소방법상 이런 곳은 입구를 하나만 만들 수는 없다.

다만 평소에는 여러 가지 이유로 한쪽은 개방하지 않을 뿐.

"이해합니다. 요즘 미친놈이 워낙 많아서요."

클럽의 MD, 그러니까 웨이터 같은 존재는 안다는 듯 고개를 흔들었다.

"도대체 저런 미친놈을 어째야 할지……."

스토커가 여기까지 따라왔다는 말, 거기에다 입구에서 벌어진 진상의 행동까지 모든 게 다 맞아떨어졌기 때문에 그는 유지영을 직원용 통로로 나갈 수 있게 해 줬다.

"그러면 나중에 뵙죠."

노형진은 그에게 적당히 팁을 쥐어 주고 유지영을 데리고 바깥으로 나왔다.

바깥으로 나온 유지영은 코너에서 슬쩍 고개를 내밀었다가 흠칫했다.

당장 사람이라도 죽일 듯한 표정으로 입구를 노려보고 있는 박철신 때문이었다.

이것이 법이다

"저 새끼를 어떻게 하죠?"

"그냥 두세요. 어차피 저 인간은 여기서부터 미쳐서 날뛰기 시작할 겁니다."

"하지만……."

"걱정은 하지 마세요. 길게 가지는 않을 겁니다. 계획대로 하시면 됩니다."

노형진은 유지영을 진정시켰다.

"얼마 안 가서 저 녀석은 '다른 곳'으로 들어가게 될 테니까요."

⚖

박철신은 눈이 돌아갈 것 같았다.

유지영은 날마다 칼퇴근을 하고 클럽을 가거나 번화가를 돌아다녔다.

당연하게도 그때마다 박철신은 따라다녔다.

그리고 늘 접근이 쉽지 않았다.

"이런 씨발, 씨발."

어떤 때는 클럽, 어떤 때는 강남, 어떤 때는 압구정.

그녀를 따라다니는 내내 속이 시커먼 색으로 변해 갔다.

그리고 얼마 되지 않아 진짜로 그의 눈이 뒤집히는 상황이 벌어지고야 말았다.

"저 새끼는?"

유지영이 낯선 남자와 있었다.

그것도 가게의 으슥한 자리에서 키스를 나누고 있었다.

"저…… 저……!"

그걸 본 박철신은 눈이 뒤집혔다.

그동안 남자 친구가 있다는 말에도 그는 자신의 진심을 바쳐 왔다.

아니, 스스로 그렇게 생각했다.

하지만 그런 상황에서 유지영이 다른 남자와 키스를 나누는 모습을 보자 눈깔이 뒤집어졌다.

"너! 이 개 같은 년! 뭐 하는 거야!"

그는 눈이 뒤집어져서 유지영에게 달려갔다.

그리고 그녀의 머리채를 끌어당겨서 바닥에 내던졌다.

"이 씨팔년! 개 같은 년! 내가 그렇게 잘해 줬는데 감히 바람을 피워!"

"아악!"

유지영은 비명을 지르며 바닥에 쓰러졌다.

그러자 그런 유지영에게 발길질을 하는 박철신.

"당신 뭐야! 내 여자 친구한테 뭐 하는 짓거리야!"

당연히 남자는 화가 나서 박철신에게 달려들었다.

하지만 박철신은 이미 눈이 뒤집어진 상태였다.

"오냐, 네놈이 내 여자 친구랑 바람을 피워? 너 이 새끼,

죽여 주마!"

다짜고짜 남자에게 주먹을 휘두르는 박철신.

남자는 생긴 건 멀쩡했지만 제대로 싸워 본 적은 없는 듯, 그걸 맞고 바닥을 나뒹굴었다.

"개년! 개잡년! 감히 바람을 피워! 이 쌍년!"

남자가 쓰러지자 다시 유지영에게 발길질을 하는 박철신.

당연히 술집 주인과 다른 직원들이 달려와서 그를 뜯어말렸다.

"뭐 하는 짓입니까!"

"당신 지금 미쳤어!"

허둥거리는 주인과 직원들.

몇몇 직원은 당연히 쓰러진 유지영에게 달려갔다.

"괜찮으십니까?"

"헉! 이빨이 부러졌나 봐!"

쓰러진 유지영을 다급하게 일으켜 세우는 직원들.

그리고 그렇게 일어난 유지영을 보고 박철신은 당황했다.

"어?"

유지영이 아니었다.

처음 보는 여자였다.

유지영과 같은 옷을 입고 있어서 당연히 그녀라고 생각했다. 그런데 전혀 다른 사람이었다.

"당신은 누구야?"

"누구? 지금 사람을 패 놓고 이제 와서 모른 척하는 거야!"

어이가 없어서 주인은 박철신을 노려보았다.

그리고 직원에게 바로 고갯짓을 해서 그를 붙잡으라고 했다.

"저 미친놈 붙잡아 둬. 너는 당장 경찰 부르고. 구급차도 같이 불러. 아이고, 이 미친놈."

"헉! 사장님! 여기 남자분도 코가 주저앉은 것 같은데요?"

"이런 미친……."

"아니…… 난……."

박철신은 사람을 잘못 봤다고 말하려고 했지만 이미 그러기에는 상황이 늦었다는 걸 직감할 수 있었다.

⚖️

"신혜야!"

조영구는 다급하게 달려왔다.

딸이 어떤 미친놈에게 두들겨 맞아서 앞니가 두 개나 날아갔다는 소식에 정신을 차릴 수가 없었다.

"괜찮아? 어? 괜찮아?"

"아빠…… 흑흑……."

병원 응급실에서 조영구는 울고 있는 딸을 보고 눈이 반쯤 뒤집어졌다.

대기업의 이사쯤 되면 세상 무서울 게 없는 사람이다.

그런데 자신의 딸이 폭행을 당해 이빨이 두 개나 날아가다니.

"이 개자식은 어디 있어! 어! 이 개새끼 어디 있냐고! 죽여 버릴 거야! 당장 죽여 버릴 거야!"

게거품을 물고 날뛰는 조영구.

"피해자 아버님이십니까?"

경찰은 그런 그를 진정시키고 사진 한 장을 내밀었다.

혹시나 원한 관계인지 확인해야 하기 때문이다.

"지금 가해자 쪽에서는 사람을 잘못 봤다고 주장하고 있습니다. 혹시 이 사람 아십니까?"

당연하게도 조영구는 그가 누군지 알아보았다.

"이 사람은?"

"혹시 원한을 가진 사람입니까?"

"제…… 부하 직원입니다."

물론 아주 친밀한 사이는 아니다.

하지만 누구인지는 안다. 그의 라인이라 몇 번 봤으니까.

"박철신이라고……."

"이름은 맞네요. 네, 박철신이라고 합니다."

"아니, 이 미친놈이……!"

그의 부하 직원이다.

그런데 이놈이 왜 딸을 두들겨 팼단 말인가?

"원한이 있으신가요?"

"원한 같은 건 없습니다."

원한이 있을 리 없다.

애초에 나름 일을 잘해서 그의 라인에 뒀던 사람이다.

조영구가 딱히 잘못한 것도 없으니 그에게 보복을 한 것일 리도 없다.

"박철신은 사람을 잘못 봤다는데…… 그 잘못 본 사람이 우연히 상관의 딸이라……. 이건 좀 이상한데요?"

고개를 갸웃하는 경찰.

바로 그때 그들 사이로 노형진이 불쑥 끼어들었다.

"실례합니다. 조영구 씨인가요?"

"그렇습니다만, 누구신지?"

"새론의 노형진 변호사라고 합니다."

"새론?"

변호사라는 말에 조영구는 눈을 찌푸렸다. 이 상황에서 변호사가 나타날 이유는 하나뿐이기 때문이다.

"설마 지금 합의하자는 개소리를 하려고 하는 건가? 용서를 빈다고?"

"네? 아! 아닙니다. 전혀 그런 목적이 아닙니다. 이번 사건을 저희한테 맡겨 주셨으면 해서요."

"맡겨 달라니?"

"아실지 모르지만 저희는 사건을 먼저 조사하고 의뢰를 받는 방식으로도 수임을 합니다."

조영구는 고개를 끄덕거렸다.

그런 말을 들어 본 적이 있으니까.

"마침 새로운 사건이 들어와서 그에 대해 조사를 하던 중이었습니다. 그런데 이런 일이 터질 줄은 몰랐습니다만."

"이런 일?"

"이걸 봐 주시겠습니까?"

노형진은 그에게 사진을 건넸다.

그걸 본 조영구는 눈을 찌푸렸다.

"이건 박철신 그 새끼 사진이잖아?"

"네, 그렇지요. 그리고……."

"아빠! 잠깐만!"

옆에서 눈물을 흘리고 있던 딸 조신혜가 조영구의 손에서 사진을 채 갔다.

그리고 한 장 한 장 넘기기 시작했다.

어느새 그녀의 두 손은 파르르 떨리고 있었다.

"이…… 이건……?"

"왜 그래? 네가 아는 사람이라도 있는 거냐?"

"그게 아닐 겁니다. 날짜는 다르지만, 이 사진에는 조신혜 씨가 찍혀 있거든요."

"뭐라고!"

딱 봐도 열흘 치 이상은 될 듯한 양의 사진이다.

그런데 그 사진 속에 자신의 딸이 찍혀 있다고?

조신혜가 그걸 알아차리는 게 어렵지 않은 일이었다.

"이날은…… 내가 클럽 간 날?"

클럽 앞에서 입구를 노려보는 박철신의 모습.

"이건 내가 명동에 간 날? 이건 내가 압구정에 간 날이고, 이건 내가 영등포에 간 날이고……."

박철신이 찍혀 있는 사진에는 언제나 그녀도 찍혀 있었다.

그날 입었던 옷을 그대로 입고 있는 조신혜의 모습.

그리고 그런 그녀를 따라다니는 박철신의 무시무시한 눈빛.

"네, 제가 얻은 정보가 이겁니다. 박철신은 따님인 조신혜 씨를 스토킹 하고 있었습니다."

"뭐라고!"

조영구의 눈이 뒤집어졌다. 자신의 딸이 스토킹 당하고 있다는 사실은 정말 몰랐으니까.

'그러니까 애초에 잘하지 그랬어.'

사실 그가 회사에서 애초에 박철신을 정리하거나 아예 여자 직원들에게 접근할 수 없는 보직으로 발령했다면 문제가 되지 않았을 것이다.

하지만 그는 자신의 라인이라는 이유로 박철신이 무슨 짓을 하든 방치했다. 그리고 그 고통은 그 아래에서 일하는 사람들이 받아야 했다.

"이미 저희가 사건 기록을 확인해 봤는데, 이런 행위가 지금까지 회사 내부에서 계속 이루어졌다고 하더군요."

"계속 말인가?"

조영구는 본능적으로 모른 척하면서도 뜨끔한 마음에 시선을 돌렸다. 하지만 노형진은 그런 그의 행동에 그다지 신경 쓰지 않았다.

"제가 봐서는 계속 보호를 해 주시니 혹시나 조영구 이사님이 자신을 후계자로 점찍은 거 아닌가 하는 착각을 한 것 같습니다."

물론 개소리다.

하지만 노형진은 가능하면 조영구가 최대한 열 받기를 원했고, 예상대로 조영구는 얼굴이 붉어질 대로 붉어졌다.

"뭐라고? 이 미친 새끼가!"

'폭행 사건은 생각지도 못했지만, 차라리 잘된 거야.'

원래 계획은 증거를 가지고 가서 그냥 설득하는 것이었다.

자신의 딸이 스토킹 당한다는 사실을 알면 최소한 의심하게 돼서 더 이상 그와 같이 가지 못할 테니까.

하지만 난데없는 키스 장면에 박철신의 눈이 뒤집어졌고, 그로 인해 벌어진 폭행은 당장 조영구가 머리끝까지 화가 나게 만들었다.

"아빠…… 서…… 설마?"

조신혜는 유지영보다도 더 어리다.

그런데 자신보다 두 배 이상 나이 많은 남자를 소개시켜 준다?

"뭔 개소리야! 내가 미쳤어? 절대 아니다. 절대 아니야! 걱정하지 마, 신혜야. 내가 그 새끼 죽여 버린다. 절대로! 절대로 그 새끼가 따라다니지 못하게 할게. 알았지?"

조영구는 딸을 진정시키며 이를 빠드득 갈았다.

"이 씹째끼, 죽여 버리겠어."

"이런 씨발……."

상황이 이상하게 돌아가자 박철신은 진땀을 흘렸다.

"너 미쳤냐? 어? 다른 사람도 아니고 조 이사님 따님을 스토킹 해?"

"아닙니다! 절대 아닙니다!"

"절대 아니긴 뭐가 절대 아냐! 이건 뭐야! 어!"

부장이 내던진 사진.

그게 얼굴에 맞고 떨어지자 박철신은 다급하게 변명을 했다.

"이건 유지영을 따라다니다가 찍힌 건데……."

"뭐? 지금 그걸 변명이라고 하는 거야! 어!"

"네?"

"이 새끼야! 네가 따라다녔다는 그 시간에, 유지영은 회사에서 야근 중이었어!"

"네?"

박철신은 당황했다. 그럴 리 없기 때문이다.

하지만 그것도 노형진의 함정이었다.

조신혜와 동선을 겹치게 함으로써 그가 조신혜를 따라가게 해 놓고, 정작 유지영은 잽싸게 옷을 갈아입고 회사에 와서 근무를 한 것이다.

당연히 증인만 수십 명이고, 사진에도 유지영이 아니라 조신혜가 찍혀 있다.

"아닙니다! 아니에요! 진짜 아닙니다!"

박철신은 당황해서 아니라고 항변했지만 소용없었다.

"너 당장 짐 싸! 너 지금부터 대기 발령이야!"

"대…… 대기 발령이라고요?"

"그래, 이 새끼야!"

박철신은 정신이 아득해졌다.

말이 좋아서 대기 발령이지, 징계에 들어가기 전 기다리는 기간이라는 것쯤은 어렵지 않게 알 수 있었으니까.

"하지만 부장님!"

"시끄러! 당장 나가!"

남은 기회는 없었기에 박철신은 입술을 깨물며 그곳을 나올 수밖에 없었다.

"만세! 그 미친 새끼가 그만뒀대요!"

새론으로 찾아온 유지영은 신이 나서 외쳤다.

징계 절차에 들어가기 전 그는 결국 사직서를 던졌다.

어차피 최소 해직일 테고, 설사 그만두지 않는다고 해도 결국 버틸 방법은 없을 테니까.

"일단 한 건은 끝났습니다만, 다 끝난 건 아닙니다."

"네? 하지만 그만뒀잖아요?"

유지영이 찔끔하자 고연미는 안타깝다는 듯 말했다.

"그만뒀으니 시간이 더 넘치니까요. 회사에 접근하지는 못하겠지만 장기적으로 보면 그가 따라다니는 걸 멈추지는 않을 거예요. 이 정도에서 멈추면 스토커가 아니지요. 제 경험상 스토커의 집착은 상상 이상이에요."

유지영은 얼굴이 창백해졌다.

그녀 때문에 직업까지 잃어버린 그다.

물론 공식적으로 그녀는 연관되지 않았지만 그가 바보도 아니고, 연관된 걸 모를 리 없다.

"장기적으로 보면 그를 사회적으로 격리시켜야 합니다. 그래야 유지영 씨를 비롯한 피해자분들이 안전해집니다."

"하지만 방법이 없잖아요."

스토킹은 여전히 처벌이 낮다. 징역은커녕 벌금도 제대로 안 나온다.

더군다나 이번의 대처는 박철신이라는 특정 상황에나 맞는 거지, 여러 다른 피해자들을 구할 수는 없다.

"방법은 있습니다. 그리고 그걸 우리는 청구할 겁니다."

노형진은 그녀를 바라보며 말했다.

"계획대로 된다면 박철신은 아마 다시는 유지영 씨에게 접근하지 못할 겁니다. 다시는 말이지요."

노형진은 자신이 있었다.

미친놈에게 권리는 없다

유지영은 박철신이 그만둔 후에 상황이 나아지기를 바랐다.

하지만 박철신은 여전히 포기하지 않았다.

아니, 포기할 수가 없었을 것이다.

"또 집까지 찾아왔다고 하더라고요."

당연히 부모는 기함을 하면서 그를 쫓아냈다.

"포기할 리 없지요. 유지영 씨 때문에 직장까지 잃었으니까요."

"그 당시에 유지영 씨가 함정을 판 걸 알고도요?"

"글쎄요. 안다고 해도 아마 안 믿을 겁니다."

"안 믿는다고요?"

"스토커들은 다 그렇게 생각합니다."

상대방은 나를 사랑한다. 다만 어떠한 사정으로 그 감정을 표현하지 못할 뿐이다. 내가 진심을 보여 주면 상대방은 나를 사랑해 줄 거다.

"끊임없는 집착입니다. 전에 말했다시피 스토커들은 정신병을 앓고 있는 거니까요."

그런 상황에서 상대방이 함정을 팠다고 해도 그걸 잘 믿지 않는 것이다.

"하물며 이번 사건에서 유지영 씨가 전면에 나서지는 않았잖습니까?"

유지영은 해당 장소에 갔을 뿐이고, 슬쩍 조신혜와 착각할 수 있게 행동한 것뿐이다.

대놓고 함정을 파거나 하지는 않았다.

"애초에 조신혜를 두들겨 팬 것은 박철신이니까요. 내가 실수했다, 그러면 그렇지 유지영은 바람을 피울 사람이 아니다, 그렇게 생각하고 있을 겁니다."

"와, 이렇게 제대로 미친 새끼를 어떻게 처리하죠?"

"경찰에서는 처리 결과가 나왔나요?"

"네."

아니나 다를까, 스토킹으로 고소했지만 처벌은 경범죄 위반으로 나왔다.

경찰이 한 거라고는 접근하지 말라고 경고를 해 준 것뿐이었다.

"그리고 순찰을 늘려 준다거나 하는 소리는 없었죠?"

"뻔하죠. 매일같이 사람이 부족하다는 소리나 해 대고 있죠."

"그럴 테죠."

노형진은 어깨를 으쓱했다.

경찰에겐 애초에 기대도 하지 않았으니까.

"그러고 보니 다른 스토커들에게 쓸 수 있는 새로운 방법을 찾았다고 하셨지요?"

"네."

"어떤 거죠? 지금까지 그런 경우는 없었는데."

"민사소송이죠."

"민사소송요?"

고연미는 고개를 흔들었다.

"무리예요, 무리. 제가 지금까지 스토커를 대상으로 민사소송을 안 걸어 봤겠어요?"

돈에 대한 압박 때문에라도 좀 떨어져 나가기를 바라는 마음으로 민사소송을 건 사람은 많다.

하지만 대부분의 경우 터무니없이 낮은 배상금으로 판결이 나 버리는 것이 보통이고, 돈을 받아 내는 것은 더욱 요원한 일이었다.

도리어 그 돈을 줄 테니 만나 달라고 하는 놈들로 가득했다.

"저도 그렇게 생각했습니다. 하지만 생각해 보니 다른 쪽으로도 민사소송을 걸 수 있겠더군요."

"다른 쪽으로 민사소송을 해요?"

"네, 돈을 달라는 게 아니라……. 아니, 돈을 달라고 하는 건 맞겠지요. 하지만 그 책임을 그 미친놈이 아닌 다른 사람에게 뒤집어씌우는 게 가능할 거라 생각합니다."

"다른 사람에게요?"

고연미는 그 말이 이해가 가지 않았다.

범죄는 미친놈이 저지르고 있다.

그런데 왜 그 책임을 미친놈이 아닌 다른 사람이 진단 말인가?

"그게 법적으로 가능해요?"

"가능하죠. 가령 그 미친놈에게 법률상 행위능력이 없어야 하는데 그걸 방치한다거나."

"네?"

"미친놈을 관리하는 것은 나라가 아니라 그 가족이지 않습니까?"

"미친놈을 관리하는 건 그 가족…… 아하!"

고연미는 노형진이 뭘 노리는지 알아차렸다.

"박철신에게 금치산자 판정을 요구할 생각이군요!"

"정확하게는 성년 후견인 제도로 바뀌었지요."

과거의 금치산자 제도는 현재는 성년 후견인 제도로 바뀌었다.

성년 후견인이란 법적으로 성인이 되면 사회적 도리와 책임을 다할 수 있다고 볼 수 있지만 그렇지 못한 경우, 즉 그 대상이 정신이상이나 장애 등의 이유로 정상적인 사회생활이 불가능하다고 판단될 경우 다른 사람이 그를 부모처럼 대신하도록 하는 제도이다.

"그리고 정신병자는 명백하게 성년 후견인 제도의 대상이지요."

지금까지 대한민국의 법원은 나서서 그걸 결정해 준 적이 없다. 누군가 신청을 해야 하니까.

아니면 그가 정신적으로 불안정하다고 인정될 범죄를 저지른 상태여야 한다.

그럴 수밖에 없다.

따로 검사를 하지 않는 이상 대부분의 성인들은 만 18세가 넘으면 그 책임을 다하는 것으로 보니까.

"하지만 우리가 그 부모에게 그 책임을 물 수 있겠군요."

이쪽에서 봤을 때 그놈은 미친놈이고 그로 인해 피해가 발생했으니, 당신 가족에 대한 정신과 치료를 하라고 소송을 거는 것이 노형진의 계획이었다.

"그러면 핵심은 박철신, 아니 스토커들의 정신적 상태죠."

그들이 멀쩡한 상태라면 당연히 이 소송은 턱도 없다.

하지만 그가 실제로 정신적으로 불안정하다면, 가족들은 자신의 가족인 스토커가 미쳤다는 걸 어쩔 수 없이 인정해야 한다.

"그리고 그걸 방치해서 발생하는 모든 손해는 가족이 책임지는 형태가 될 겁니다."

미친놈에게 정상적인 책임을 묻는 것은 어려운 일이니까.

"스토커들이 정상적인 정신을 가지고 있는 건 불가능하죠."

고연미는 머리를 절레절레 흔들며 말했다.

스토커들은 정신적으로 불안정하다.

검사를 안 하면 모를까, 검사를 하게 되면 과대망상이나 피해망상 같은 게 안 나올 수가 없다.

"확실히 좋은 방법이네요."

고연미는 고개를 끄덕거렸다.

지금까지 누구도 생각하지 못한 방법이다.

그가 미친놈이기는 하지만 성인이라는 것 또한 부정할 수 없는 사실이니까.

"하지만 나이 먹었다고 모든 걸 다 책임질 수는 없는 노릇이죠."

노형진의 말에 고연미는 고개를 끄덕거렸다.

"과연 그쪽에서 뭐라고 할지 궁금하네요. 호호호."

이런 황당한 소송을 들은 가족들의 얼굴이 어찌 변할지, 고연미는 상당히 궁금했다.

⚖

"이게 뭐야!"

박철신은 아직 부모가 살아 있었다.

물론 나이가 있어서 따로 살고 있기는 하지만, 그들을 찾아내는 것은 그다지 어려운 일이 아니었다.

그런 그들에게 소송장이 날아왔고, 부모들은 다급하게 자녀들을 불렀다.

"지금 너 뭔 짓을 하고 다니는 거냐!"

박철신은 집에 불려오자마자 사방에서 쏟아지는 온갖 질책을 다 당할 수밖에 없었다.

"아니, 형. 이게 그게 아니고……."

"그게 아니긴 뭐가 아냐! 대기업에 갔다고 그렇게 지랄하더니, 스토킹을 하다 못해서 잘리고 소송까지 걸리게 해? 어?"

"아니, 그게 아니라니까."

"너 진짜 미쳤냐? 어?"

박철신의 부모는 그래도 그가 대기업에 들어갔으니 언젠가는 정신 차리고 좋은 여자를 만나서 결혼할 거라 생각했다.

그런데 다른 사람도 아니고 회사 이사의 외동딸을 스토킹하다가 두들겨 패서 회사에서 잘리더니, 이제는 다른 피해자가 스토킹을 이유로 부모를 고소하는 황당한 사태가 벌어진 것이다.

"아니라니까! 지영이가 그럴 애가 아니야! 오해가 있는 거야!"

"오해? 오해? 이 미친 새끼야! 이게 무슨 오해야!"

결국 화가 난 그의 형은 박철신에게 주먹을 휘둘렀다.

"오냐오냐해 줬더니 이런 미친 짓을 해? 어? 올라가지 못할 나무는 쳐다보지도 말라고 했다! 나이가 절반이야, 이 개새끼야! 얼마나 사람을 피가 마르게 하면 소송을 다 걸어!"

박철신은 진땀이 흘렀다.

이런 일은 예상하지 못했으니까.

그리고 그게 노형진이 노린 거다.

대부분의 스토킹 범죄는 피해자와 피해자 가족만 고통 받을 뿐 가해자는 거의 고통 받지 않으며, 가해자 가족은 스토킹이 어지간한 강력 범죄로 발전하지 않는 이상 아예 그 사실을 모르고 평생을 살아가는 경우도 많다.

하지만 모르는 것과 아는 것은 전혀 다른 법.

노형진은 그 책임을 대신 지게 하기 위해 가족들에게 사정을 알렸고, 그로 인해 가족들은 미쳐서 눈이 돌아가기 직전이 되었다.

"아오, 씨발! 이런 미친 새끼를 진짜!"

그의 형은 가슴을 두들겼고 부모들은 긴 한숨만 쉬었다.

박철신은 지금 상황이 이해가 가지 않았다.

'도대체 왜 일이 이렇게 되어 가는 거지?'

지금까지 많은 여자들을 따라다녔고, 그들은 대개 자신을 두려워하여 피해 다녔다.

그리고 그 결과는 기껏해야 접근 금지 명령뿐이었다.

그런데 유지영은 난데없이 자신이 아닌 자신의 부모를 고소했다.

지금까지와는 전혀 다른 상황.

처음 당하는 상황에, 박철신은 정신이 아득해지는 느낌이
었다.

⚖️

"존경하는 재판장님, 가해자인 박철신의 가족들은 박철신
에 대한 관리 책임이 있는 자들입니다. 그들은 박철신에 대
한 관리 권한과 영향력이 있음에도 불구하고 가해자 박철신
이 지금까지 범죄를 저지르는 것을 그냥 두고 보았습니다.
그로 인해 그 아래에서 일하던 여성 중 총 열세 명이 그만두
었으며……."

재판정에서 시작된 싸움.

노형진이 박철신의 가족을 공격하자 상대방 변호사는 말
도 안 되는 소리라고 반격을 시작했다.

"친애하는 재판장님, 가해자 박철신은 이미 성인입니다.
그것도 40대입니다. 그는 성인으로서 자신의 업무를 진행하
는 정상적인 사회인입니다. 그와 교제하던 몇몇 여성이 헤어
졌다는 이유로……."

"피고 측 변호인, 말은 똑바로 하죠. 교제가 아니라 일방
적 스토킹이었습니다."

"스토킹이라는 증거가 있습니까?"

"박철신에 대한 경찰 신고만 쉰 번이 넘었고 벌금만 해도 300만 원 넘게 냈습니다. 그리고 심지어 얼마 전에는 상관의 따님을 스토킹 하다가 그녀가 남자와 같이 있었다는 이유만으로 양측을 무차별 폭행했습니다."

"그건……."

상대방 변호사는 변명을 하지 못했다.

그건 사실이니까.

"하지만 성인으로서 자신의 행위에 대한 책임을 져야 하는 것은 박철신 스스로입니다."

노형진은 그렇게 항변하는 변호사를 보면서 피식 웃었다.

'그렇게 되겠지.'

노형진이 뜬금없이 박철신이 아닌 가족을 고소한 게 아니다. 박철신과 가족을 고립시키고 박철신의 범죄행위를 그들에게 알리기 위해서다.

그리고 그 목적은 제대로 달성되고 있다.

단순히 알리는 것만이 아니다.

가족들이 이번 사건에서 박철신이 저지른 범죄에 대한 손해배상을 하지 않기 위해서는 박철신과 척을 지는 수밖에 없다. 그가 정상이라고 볼 수 없는 여지는 너무나 많으니까.

방법은 하나뿐이다.

자기들과 관련이 없다고 하는 것뿐이었다.

"스스로 판단하고 진행할 수 있는 상황이라면 그렇지요. 하지만 다른 건 몰라도 남과 교제하는 데 있어서, 아니 이성을 대하는 데 있어서 그의 행동은 비정상적인 상황입니다."

"그게 왜 비정상입니까? 일반적인 연인들은 다 하는 행동입니다."

"일반적인 연인이라고 하면 그렇지요. 하지만 피해자이자 고소인인 유지영 씨는 명백하게 거절의 의사를 밝혔고, 심지어 유지영 씨에게는 교제 중인 남성이 있습니다. 그럼에도 불구하고 가해자인 박철신은 유지영에게 끊임없이 집착하면서, 그녀가 자신의 마음을 받아 주지 않는다는 이유로 미친 듯이 괴롭혔습니다."

"그게 왜 피고들의 책임이란 말입니까?"

"피고들이 그 사실을 방치했으니까요."

노형진은 그렇게 말하고 피고석에 앉아 있는 가족들을 바라보았다.

"그들은 박철신의 이러한 정신질환을 알고 있음에도 불구하고 모른 척 방치했습니다. 아무리 성인이라고 하지만 정신적으로 불완전한 사람이 그 정신적 불완전성을 스스로 치료할 가능성은 거의 없습니다."

"그건 말도 안 되는 궤변입니다. 상식적으로 성인이 되면 본인의 행동에 대한 책임은 본인이 지는 겁니다."

"성인의 기준은 법적인 기준이죠."

노형진은 거기까지 말하고 변호사를 똑바로 바라보며 말을 이었다.

"그러면 사회인의 기준은 뭡니까?"

"뭐라고요?"

"성인이라면 모두 자신의 행동에 책임을 져야 한다, 그건 어디까지나 그가 정상적인 상식을 가진 사람일 때의 이야기입니다. 하지만 그가 장애를 가지고 있거나 정신이상을 가지고 있거나 하는 경우는 어떻습니까? 그런 경우에도, 그의 범죄행위에 대해 그가 책임져야 한다고 생각합니까?"

법에서 대놓고 정신이상자의 책임에 대해 이야기하고 있다.

정신이상으로 인해 살인을 하거나 범죄를 저지르는 경우, 그 사람은 엄밀하게 말하면 처벌 대상이 아니라 치료 대상이 된다.

가령 생리 기간에 도벽이 있는 여성이라면, 법원에서 정신병으로 인한 도벽으로 인정하면 그녀는 처벌을 받는 대신에 치료를 받는다.

"과연 박철신이 멀쩡한 정신으로 이런 범죄를 저질렀다고 생각하십니까?"

"어……."

상대방 변호사는 어쩔 줄 몰라 했다.

그럴 수밖에 없는 게, 지금 그는 형사 관계에서의 방어도 같이하고 있기 때문이다.

'그리고 그곳에서는 정신이상으로 인한 폭행으로 몰아가고 있지.'

설마 상관의 따님인 걸 알고 폭행했겠느냐며, 박철신은 자신의 폭행을 부정하며 동시에 자신이 정신적으로 불안정했다고 주장하고 있다.

'상황이 참으로 애매해지지, 후후후.'

여기서 정상이라고 하자니 형사사건에서 처벌이 강해질 테고, 아니라고 하자니 정신이상으로 몰릴 판이다.

'그리고 저쪽에서 정신을 못 차릴 때 이쪽에서 치고 들어가는 거지.'

노형진은 시선을 돌려서 판사를 바라보았다.

사실 이런 소송을 해도 이기는 것은 불가능에 가깝다.

어찌 되었건 성인이고, 정신과 검사를 하지 않았다고 책임을 묻는 것은 무리가 있으니까.

'중요한 건 정신과 검사다.'

노형진이 노리는 행동은 정신과 검사.

그리고 상황이 이쯤 되면 그걸 강제할 수 있다.

"존경하는 재판장님, 이 사건에서 핵심은 가해자 박철신의 정신적 상태입니다. 가해자의 범죄로 인해 피해자가 그 피해를 입은 것이 확실한 만큼, 박철신에 대해 법원에서 직권으로 정신검사를 해 주시기를 청하는 바입니다."

법원의 명령에 따른 검사. 그게 노형진이 노리는 본질이었다.

'이쪽에서는 손해 보는 게 없다.'

정신과 검사 결과 이상이 없다고 하면 아무래도 형사처벌의 수위가 높아질 수밖에 없다.

반대로 정신적으로 문제가 있다면 그를 이쪽에서 아예 잘라 낼 수가 있다.

"흠……."

판사는 고민하는 눈치였다.

황당하다 못해서 터무니없는 재판이기는 하다.

하지만 노형진의 말대로 이번 판결의 핵심은 박철신의 정신 상태에 달려 있으니, 그 상태를 명확히 확인하지 않고서는 어떠한 판단도 내릴 수가 없다.

"인정합니다. 법원에서 가해자에 대한 정신검사를 신청하도록 하겠습니다."

"감사합니다."

노형진은 씩 웃었다.

그리고 그 미소를 보면서, 목적을 모르는 상대방 변호사는 께름칙한 표정으로 눈을 찌푸리는 수밖에 없었다.

⚖

법원에서 정신검사를 하는 일은 보통 형사사건에서 많이 벌어진다. 많은 범죄자들이 감옥에 가기 싫어서 자신의 정신에 문제가 있다고 주장하기 때문이다.

하지만 몇몇 특수한 경우라면 법원에서는 그 검사를 강제로 명령할 수 있다.

물론 그 경우는 이쪽에서 그 경비를 부담해야 한다.

미쳤다고 주장하는 것은 이쪽이니까.

그리고 그렇게 검사가 진행된다면, 법원의 명령이니 상대방은 검사를 피할 수가 없다.

더군다나 법원에서 지정하는 병원과 의사를 통해 검사하기 때문에 어지간히 돈이 있는 사람이 아니면 그 결과를 마음대로 고칠 수도 없다.

물론 재벌가라면 얼마든지 고칠 수 있겠지만 말이다.

"역시나 예상대로군요."

고연미는 법원에서 새론으로 보낸 서류를 내밀며 말했다.

"박철신이 정신적으로 불안정하다는 병원의 진단이 나왔어요."

"그럴 겁니다."

정신적으로 불안정하지 않다면 이 정도로 심각한 스토킹을 하지는 않을 테니까.

"하지만 거기까지일 뿐이잖아요."

고연미는 서류를 건네면서 한숨을 푹 쉬었다.

"사실 이런 사건에서는 이기기 힘들어요. 아시잖아요."

대부분의 현대인은 정신검사를 하면 정상이 나오기 힘들다.

아니, 어쩌면 현대 의학의 일부인 정신학 입장에서는 아예 정상이라는 게 없을지도 모른다.

그만큼 현대의 사람들은 극단적 스트레스에 시달리기 때문이다.

"아무리 우리가 관리 책임을 묻는다지만, 지금까지 정상인으로 살아왔던 사람인데 갑자기 가족에게 관리 책임을 청구한다고 해서 이기겠어요? 애초에 관리 책임을 지려면 그가 비정상이라는 걸 알고 있어야 하잖아요. 그런데 이제야 비정상인 걸 알았으니, 과거에 몰랐던 것에 대해서까지 법적으로 그 책임을 지게 하는 건 힘들 것 같은데요."

"턱도 없지요."

노형진은 어깨를 으쓱했다.

실제로 소송을 걸었고 결과가 나와야 하기에 정신과 검사를 했지만, 손해배상이 나올 가능성은 제로다.

"그럴 수밖에 없지 않습니까? 그들은 박철신이 정상이라고 생각했을 테니까."

박철신이 정신이상이라는 결과가 나오기는 했지만 그건 새로운 검사에 따른 결과일 뿐이다.

기존에 정상인으로서 그리고 성인으로서 사회생활을 했기 때문에, 가족들 입장에서는 그가 정신이상이라는 것을 확인할 방법이 없었다.

"그런 경우는 그 관리 책임이 면제되지요."

만일 가해자가 누가 봐도 정신이상이었다면, 그 사람을 관리하지 않은 가족에게 그 배상 책임을 묻는 것은 쉽다.

하지만 지금까지 박철신은 멀쩡하게 회사에서 근무하던 정상인이다.

최소한 연애가 아닌 일반적인 업무에서는 그랬다.

그렇다면 그의 정신이상 부분을 예상하기는 힘드니, 이런 경우 사후에 가족에게 관리 책임을 물어 봐야 법원에서 그 책임을 물을 리 없다.

"그런데 왜 하신 거예요? 사실상 돈 버리는 소송인데요."

"돈 버리는 소송은 아니죠. 다만 다음 작전의 떡밥일 뿐입니다."

"떡밥이라고요?"

"네. 형사적으로도 그리고 민사적으로도, 박철신을 유지영 씨에게서 떨어트릴 수가 없지 않습니까?"

"그렇지요. 그게 가장 큰 문제죠."

고연미는 고개를 끄덕거렸다.

현 상황에서는 그게 가장 큰 문제다.

그를 떨어트릴 수 없다면 장기적으로 유지영에게 어떤 위험이 닥칠지 모르니까.

"그래서 건 소송입니다."

"그래서 건 소송이라고요?"

"네. 일단은 그가 정신이상이라는 걸 증명해야 했으니까요."

"그게 무슨 말인지 이해가 안 가는데요."

"그건 좀 있으면 알게 될 겁니다. 이제 우리가 집중해야 하는 건 유지영 씨의 안전입니다."

"하지만 이번 재판으로 인해 크게 변하는 건 없잖아요."

피해자이고 손해배상을 청구하기는 했지만, 그렇다고 유지영의 상황이 갑자기 나아지는 건 아니니까.

"아니죠. 박철신은 쉽게 포기하지 않을 테니까요."

이렇게까지 했지만, 이런다고 해서 박철신이 유지영을 놔줄 가능성은 낮다.

"게다가 지금의 박철신은 애정보다는 분노가 더 강할 겁니다."

자신을 받아 주지 않는다는 이유만으로 살인까지 불사하는 미친놈들이다.

그런데 유지영은 이번 일로 실질적인 피해까지 줬다. 가족들에게 박철신이 정신이상이라는 걸 인정하게 만든 것이다.

"그러니 억울한 마음이 들 겁니다. 분명 어떻게 해서든 유지영에게 복수하려고 할 테지요."

"위험한 자극을 한 건 아닌지 모르겠네요."

"결국 어떤 방식으로든 그는 복수를 했을 겁니다."

그건 김소라만의 의견이 아니었다.

심지어 법원을 통해 검사를 한 정신과 의사들조차 그가 위험한 상황이며 복수를 꿈꾸고 있다고 언급했다.

"그리고 그게 제가 노리는 거죠."

노형진은 살짝 웃으며 말했다.

"그다음부터는 책임이 달라지니까요, 후후후."

⚖️

얼마 후 검사 결과를 받아 든 판사는 유지영에게 패소 판
결을 내렸다.

박철신이 정신이상 증세를 보이는 것은 인정하지만 그가
정신이상 행동을 보이는 것에 대해 가족들이 몰랐으니, 그가
정상으로 판단할 거라 믿은 상황에서 벌어진 일에 대해 책임
질 이유가 없다는 것이 판결 요지였다.

"뭐, 예상은 했지만."

노형진은 어깨를 으쓱했다.

그리고 유지영은 공포에 질린 듯 부들부들 떨었다.

"그 미친놈이 따라다니고 있는 것 같아요."

"그럴 겁니다."

노형진은 고개를 끄덕거렸다.

재판이 끝나자 박철신은 다시금 유지영을 따라다니고 있다.

다만 달라진 게 있다면 전처럼 매달리는 게 아니라 조용히
뒤에서 감시하듯이 따라다니는 거랄까?

"이미 그가 몰래 따라다니는 건 확인했습니다. 그리고 위
험한 행동을 할 거라고 의심하고 있는 상황입니다. 전에 말

씀드렸다시피요."

"듣기는 했지만 이렇게까지 할 줄은⋯⋯."

스토킹을 처음 당해 본 유지영은 이 미친놈이 무슨 짓을
할까 두려웠다.

"그래서 이번 소송은 중요한 거고요."

노형진은 다른 서류를 내밀었다.

"지난번에는 상대방이 박철신이 정신이상이라는 걸 모르
고 있었기에 이겼지만, 이제는 알고 있지요. 그리고 민사소
송은 끊임없이 같은 주제로 소송을 걸 수 있습니다."

일사부재리는 오로지 형법에만 적용된다.

민사소송의 경우는 원한다면 얼마든지 무한대로 걸 수 있다.

다만 그렇게 한다면 전의 결과에 따라 끊임없이 질 수밖에
없는 싸움이 되겠지만.

"지난번 소송으로 인해 이제 상황이 바뀌었죠."

가족들은 박철신이 정신이상자, 그러니까 미쳤다는 걸 이
제 안다. 그리고 그가 범죄를 저지르는 것을 막아야 하는 책
임이 생겼다.

"하지만 저쪽은 아무런 행동도 하지 않을 겁니다."

"어째서요? 제 목숨이 달려 있는데!"

"그게 문제입니다."

자기 목숨이 아니니까. 남의 목숨이니까.

"인간은, 남의 목숨보다는 자기 돈이 더 중요하다고 생각

하는 사람들이 많지요."

만일 정상적인 사람이고 정상적인 가족이라면 그런 생각은 하지 않을 것이다.

"하지만 그들은 아닙니다."

"그걸 어떻게 아세요?"

"전에 말씀드렸다시피 스토커가 되는 가장 큰 이유는 사랑받지 못한 공허감 때문이거든요."

그들은 다른 사람에게 사랑을 강요함으로써 자신의 공허감을 채우고 싶어 하는 것이다.

"지금 그가 정신이상으로 고통 받는다고, 가족들이 그를 보듬어 안고 치료한다? 그건 개소리죠."

아마도 그를 탓하면서 그에게 뭐라고 하고 있을 가능성이 더 높다.

"그런 집안은 대개 정신병이 본인이 잘못해서 생기는 병이라고 생각하거든요."

노형진은 어깨를 으쓱하며 말했다.

"그리고 그게 그들의 실수가 될 겁니다."

그리고 씨익 웃음을 지어 보였다.

⚖️

"이런 미친 새끼야! 아오, 이런 병신을 동생이라고!"

박철신은 형의 공격에 고개를 들 수가 없었다.

그뿐만이 아니었다.

"저 새끼를 호적에서 파 버려야지!"

"나는 미친놈을 자식으로 둔 적 없다!"

부모도 그를 욕하고 몰아붙였다.

"넌 눈깔이 삐었냐? 어? 나랑 나이 차가 두 배 가까이 나는 여자를 스토킹 해? 에라, 이 병신 새끼야!"

소리를 버럭 지르는 형.

그리고 그런 형에게 결국 대드는 박철신.

"내가 뭘 어쨌다고!"

"뭘 어쨌다고? 이 미친 병신 새끼가 자기가 뭘 잘못했는지도 모르네? 여자 따라다니면서 병신 짓을 했잖아! 그것도 몰라?"

"아니, 그게 내 잘못이야?"

"그러면? 아무것도 모르는 그 여자가 잘못이야? 어? 넌 그 대가리로 어떻게 대기업에 들어갔냐?"

"형!"

"형 말이 맞다. 도대체 어떻게 그런 멍청한 짓을 할 수 있는 거니!"

"이런 병신을 낳고 미역국을 처먹었어? 에잉!"

"아니, 왜 또 나한테 그래요?"

"이런 미친놈을 낳은 게 그럼 나야?"

갑자기 티격태격하는 부모를 본 박철신은 결국 소리를 지르며 집을 박차고 나갔다.

"이런 씨바아알!"

바깥으로 나왔지만 속이 시원해지거나 깨끗해지지는 않았다. 도리어 더 앞이 캄캄해지고 더 미칠 것 같았다.

"씨발! 씨발! 씨발!"

그는 모든 게 미웠다.

세상도 밉고 자신을 인정하지 않는 거족도 밉고 자신을 받아 주지 않는 유지영도 미웠다.

"다 죽여 버릴 거야! 다 죽여 버릴 거라고! 가족이고 뭐고 다 죽여 버릴 거라고! 씨바아알!"

그는 허공을 향해 고래고래 소리를 질러 댔다.

하지만 너무나 흥분한 나머지 약간 떨어진 곳에서 누군가 자신을 바라보고 있다는 사실을 알지 못했다.

⚖

노형진은 민사소송을 다시 시작했다.

똑같은 주제, 똑같은 내용으로 고소를 똑같이 넣는다는 것은 사실상 '나는 소송에서 패할 생각입니다.'라는 의미나 마찬가지다.

하지만 소장은 같을지언정 사건 자체가 같은 건 아니었다.

"확실히 따라다니고 있단 말이지."

눈이 돌아간 박철신은 유지영을 따라다니고 있었다.

그리고 그동안 벌어진 수많은 스토킹 사건을 본다면 그가 뭘 노리는지 알아차리는 것은 어려운 일이 아니었다.

"역시 예상대로네."

"노 변호사님, 아무래도 이건 불안해요. 아무리 지금은 경호원이 있다고 하지만 영원히 붙어 있을 수는 없고, 유지영 씨 입장에서도 지금 상황이 달갑지는 않을 거예요."

"그건 그렇죠."

"물론 그 미친놈이 일을 저지르려고 할 수도 있겠지만, 그때까지 마냥 기다릴 수도 없잖아요."

그 미친놈이 살인을 시도할 수는 있다.

그런다면 분명 살인미수로 집어넣을 수도 있다.

하지만 그건 어디까지나 유지영이 위험을 부담해야 가능한 일이다.

진짜로 재수 없으면 유지영이 박철신에게 살해당할 가능성도 분명 존재한다.

"걱정하지 마세요. 제가 미쳤습니까, 의뢰인이 위험한 상황에 처하게 만들게?"

"하지만 그러면 저 미친놈을 떨굴 가능성은 없을 것 같은데요."

경찰에 도움을 청한다? 그건 불가능하다.

실제로 스토킹 피해자가 미친놈이 따라다닌다고 경찰에

신고했을 때 경찰에서는 자기들이 할 수 있는 게 없다고 그녀를 돌려보냈고, 며칠 뒤 그녀가 살해된 후에야 뭉그적거리면서 가해자를 체포했다.

"형법적으로는 안 되죠. 그래서 제가 이렇게 복잡한 작전을 짠 겁니다. 아마 성공하면 최소한 3년, 길게는 10년까지 막을 수 있을 겁니다."

"하지만 그 이후에는요?"

"그 이후에 사회로 나온다면 아마도 정상이 되어 있지 않을까요?"

"정상?"

"네. 안 그러면 나올 수 없을 테니까요."

노형진은 자신 있게 말했다.

"저는 언제나 의뢰인의 안전을 최우선으로 생각한답니다, 후후후."

⚖️

같은 소송이 다시 진행되자 박철신의 가족은 어이가 없었다. 한 번 졌으면 그만이라고 생각했기 때문이다.

"원고 측, 똑같은 주제로 똑같은 소송을 걸었는데, 무슨 생각입니까?"

우연히도 판사마저도 똑같은 상황.

"이건 뭐 데자뷔도 아니고."

피고 측인 박철신 가족의 변호사는 툴툴거리며 말했다.

"재판장님, 이건 비슷해 보이지만 전혀 다른 사건입니다."

"어째서요?"

"지난 재판에서는, 피고 측이 가해자 박철신에게 정신이상 증세가 있음을 몰랐습니다."

"흠……."

판사는 조용히 피고 측을 바라보았다.

확실히 그랬다.

전에는 그들이 몰랐다는 것이 확실했고, 그래서 배상 책임이 없다고 판결한 게 자신이었으니까.

"하지만 지난 재판 과정에서 정신검사를 받으라는 명령이 내려지는 걸 함께 보고 판결문까지 받아 본 사람들이, 지금도 가해자 박철신이 정신이상을 가지고 있다는 걸 모르지는 않을 겁니다."

"그건 인정합니다."

상대방 변호사는 아차 싶었다.

같은 사건이라고 생각해서 별 준비 하지 않고 나왔는데 생각해 보니 가장 근본적인 부분이 바뀌었던 것.

"재판장님, 그렇다고 딱히 상황이 바뀌지는 않습니다. 피해자가 박철신에게 피해를 입은 것은 사실이나, 해당 사실은 피고들이 박철신의 정신이상을 알기 이전에 발생한 사건들입니다. 그러니 그 사실을 알았다고 하나 이미 패소한 사건에 대해 재산상의 손해배상 청구 소송을 할 권한은 없습니다."

상대방 변호사의 날카로운 지적.

노형진은 고개를 끄덕거렸다. 단 한 부분만 빼고 말이다.

"맞습니다. 과거의 피해에 대해 배상할 책임은 없지요. 하지만 그 이후의 피해에 대해서는 어떨까요?"

"그 이후의 피해?"

"그렇습니다. 재판장님, 증거 갑제 3호증을 봐 주시기 바랍니다."

노형진은 미리 제출한 증거를 꺼내 들었다.

"해당 사진을 보시면 알겠지만 가해자 박철신은 그 재판 이후에도 원고 유지영을 따라다니고 있습니다. 단순히 따라다니는 정도가 아닙니다. 갑제 5-3을 봐 주시기 바랍니다."

노형진이 내놓은 사진. 그건 그냥 돈을 뜯어내기 위한 게 아니었다.

"이건?"

사진을 보던 판사의 눈이 심각하게 찌푸려졌다.

그럴 수밖에 없는 게 유지영을 따라가는 박철신의 품에 슬쩍 보인 것, 그건 누가 봐도 날카로운 손도끼였기 때문이다.

"재판장님, 재판장님도 아시겠지만 스토커들의 상당수가 심각한 정신이상 증세를 보이며 그 결과가 살인으로 끝나는 경우가 많습니다. 얼마 전에도 경찰이 스토커로부터 보호받기 위해 찾아온 여성을 거부하는 바람에 얼마나 욕을 먹었습니까?"

"으음……."

판사의 얼굴이 상당히 불편하게 변했다.

노형진이 뭘 말하는지 알아차린 것이다.

'내가 여기서 모른 척하면 다음에 욕먹는 건 나란 소리군.'

상식적으로 미친놈을 막아 달라고 재판까지 걸었는데 판사가 풀어 줘서 살인 사건이 터지면, 이해 못 할 판결이라고 욕을 먹을 수밖에 없다.

민사 판사에게 법률적으로 스토커를 강제할 방법이 없다는 건, 법을 잘 모르는 일반인 입장에서는 중요한 게 아니었다.

'부담스러울 수밖에 없지.'

물론 부담스럽다고 해서 판사가 다짜고짜 형사판결을 내릴 수는 없다.

하지만 그가 강제할 수 있는 게 있기는 하다.

그리고 그게 이번 재판의 핵심이고.

"또한 가해자 박철신은 원고 유지영 외에 다른 사람에게도 위험한 상황입니다."

"다른 사람?"

고개를 갸웃하는 판사.

"그걸 확인하기 위해 피고를 증인으로 신청해도 되겠습니까?"

"피고라고 하면……?"

"가해자의 형을 증인으로 신청하고자 합니다."

때마침 재판정에 와 있던 그는 떨떠름한 표정이 되었다.

다짜고짜 자신을 증인으로 신청할 줄은 몰랐기 때문이다.

"괜찮습니까, 피고 측?"

"네? 아, 네. 괜찮습니다."

물론 떨떠름하다고 해서 안 할 수는 없는 노릇.

그는 어쩔 수 없이 증인석으로 올라왔다.

"증인, 증인은 가해자 박철신의 형이 맞습니까?"

"맞습니다."

"그러면 증인은 박철신의 정신이상 사실을 알고 있었습니까?"

"모르고 있었습니다."

그는 사실대로 대답했다.

그가 몰랐던 것은 사실이고, 딱히 위증을 할 이유는 없었으니까.

'내가 증언을 들으려고 여기로 불리온 긴 아니지.'

노형진은 그를 바라보다가 조용히 자신의 자리에서 새로운 사진을 꺼내 왔다.

증거로 제출하지 않은 새로운 사진이었다. 이건 엄밀하게 말하면 이번 사건 자체와는 관련이 없으니까.

"증인."

노형진은 떨떠름한 표정으로 자신을 바라보고 있는 남자에게 사진을 건넸다.

"이곳을 압니까?"

"이곳은?"

사진을 받아 든 박철신의 형의 눈이 격하게 떨리기 시작했다.

"이 사진 어디에서 났습니까, 네? 이 사진 어디에서 났느냐고요!"

"증인, 여기는 신성한 법정입니다. '네.'와 '아니요.'로만 대답하세요."

"그…… 그건…….."

"이곳에 대해 압니까, 모릅니까?"

"아…… 압니다."

그의 목소리마저 격하게 떨리기 시작하자 판사는 고개를 갸웃했다.

갑자기 그가 그렇게 흥분할 이유가 없었으니까.

"그러면 이곳이 어디인지 말씀해 주십시오, 증인."

"여기는…… 제 집 앞입니다."

바로 박철신의 형의 집 앞. 그 앞에 박철신이 있었다.

문제는 그가 거기에 있다는 것이 아니었다.

불룩하게 튀어나온 그의 점퍼.

그건 아까 전에 제출된 사진과 동일하게 생겼다.

즉, 그 안에는 손도끼가 들어 있다는 소리였다.

"증인, 제가 지금부터 어떤 목소리 파일을 틀어 드릴 겁니다. 그게 누구인지 말해 주십시오."

노형진은 그에게 작은 녹음기를 내밀었다.

버튼을 누르자 익숙한 목소리가 흘러나왔다.

─다 죽여 버릴 거야! 다 죽여 버릴 거라고! 가족이고 뭐고 다 죽여 버릴 거라고! 씨바아알!

소름이 끼치도록 원한이 가득한 목소리.

그리고 그걸 들은 증인은 그대로 얼어붙었다.

"이게 누구 목소리지요?"

"동생의 목소리입니다."

누가 봐도 박철신의 목소리였다.

전과 달라진 것이 있다면, 그것은 그와 가족에 대한 어마어마한 원한이 가득하다는 점이었다.

"그러면 이 목소리의 주인공은 동생인 박철신이 맞다는 거죠?"

"네……."

"그러면 증인, 가해자 박철신이 도끼를 들고 피고의 집 앞을 서성기릴 이유가 있습니까?"

그러자 그는 아무런 말도 하지 못하고 눈만 데굴데굴 굴렸다.

"이상입니다."

노형진은 웃으며 뒤로 물러났고, 생각지도 못한 상황에 피고 측 변호사는 그저 입만 쩍 벌릴 수밖에 없었다.

자신의 형사사건과 민사사건이 그대로 충돌할 줄은 몰랐을 테니까.

"재…… 재판장님, 정회를 요청합니다."

이해가 가지 않는 상황에서 그가 할 수 있는 말은 그것뿐
이었다.

⚖

"박철신이 정신병원으로 끌려갔다고 하네요."

고연미는 대단하다는 듯 말했다.

"처음부터 이게 목적이었어요? 정신병원으로 보내는 것?"

"네. 가족 2인 이상의 동의가 있으면 정신이상자를 정신병
원에 강제 입원시킬 수 있지요."

물론 전이라면 입원시키지 않았을 것이다.

돈을 내야 하니까.

"하지만 자기 목숨을 노린다고 생각하게 되면 상황이 달라
지지요."

그래서 노형진이 박철신의 가족들을 사건에 끌어들인 것
이다.

"애초에 그들 관계야 뻔하니까."

조금만 쥐고 흔들면 그들 사이가 흔들릴 건 당연한 일.

"남의 목숨이 걸려 있으면 신경 쓰지 않겠지만 자기 목숨
이 걸려 있다면 이야기가 달라지죠."

박철신이 거기에 찾아간 것이 우연인지 아니면 진짜로 작
정하고 간 건지 아니면 순간 욱해서 간 건지 알 수는 없다.

중요한 것은 박철신이 무장을 하고 그 집에 갔으며, 그곳에서 그는 미친놈으로 인식되고 있다는 거다.

그리고 미친놈이 눈이 돌아가면 가족이고 뭐고 보이는 게 없다.

"확실하게 격리할 수 있겠네요."

유지영이 어떻게 되든 그건 전혀 관심이 없었겠지만 자신들의 목숨은 아니었다.

그들은 바로 박철신을 정신병원에 넣어 버렸다.

"그리고 쉽게는 안 풀어 줄 겁니다."

가족들은 그가 풀려나면 그 원한이 자신들에게 향할 테니 최소한 그가 멀쩡하다는 의사들의 진단이 있기 전까지는 풀어 주지 않을 것이다.

"그리고 유지영 씨는 안전해질 테지요."

정신병원에 있는 동안 그가 유지영에게 위해를 가할 방법은 없다.

설사 나온다고 해도 박철신은 가족들에게 원한이 심하니까 가족들에게 먼저 복수를 할 테고 말이다.

"가족을 압박해서 스토커가 정신과 치료를 받게 만든다라……."

고연미는 자신도 모르게 혀를 내둘렀다.

지금까지 어떠한 방식으로도 막을 수 없다고 알려진 스토킹.

그래서 도망 다니거나 큰일이 벌어질 때까지 방치할 수밖에 없다고 알려진 사건들.

　그것들을 막을 수 있는 방법이 생긴 것이다.

　"이제 다음부터 이렇게 해야겠네요."

　"그와 동시에 정신의학과 쪽에 로비하면 될 겁니다. 스토킹도 결국 정신병이니까요."

　그러면 법이 좀 더 쉽게 바뀔지도 모른다.

　"그리고 법이 바뀌고 나면 좀 나아질지도 모르죠."

　"글쎄요."

　고연미는 왠지 묘한 표정으로 말했다.

　"스토킹에서 제일 중요한 건 피해자와 가해자의 격리인데, 제가 봐서는 스토킹 처벌법이 만들어져도 결국 벌금에서 끝날 것 같은데요."

　"그게 문제이기는 하네요. 어쩐지 이 일은 계속 우리가 해야 할 것 같다는 느낌이 드는군요."

　노형진은 씁쓸한 미소를 지을 수밖에 없었다.

우리가 남이가?

노형진은 공식적으로 변호사다.

하지만 비공식적으로 여러 곳에 투자를 하는 투자자이기도 하다.

그리고 그러한 투자처 중에는 기업이 아닌 사람도 있다.

장기적으로 사회에 이득이 될 수 있는 사람들.

돈이 되는 게 아니라 사회적으로 인정받을 수 있는 곳에서 일하는 사람들이나 그쪽에서 일하기를 꿈꾸는 사람들, 정치인이 되기를 꿈꾸거나 아직 투자받지 못했지만 특정 분야에 천재성을 보이는 사람들에게 투자를 한다.

"아무래도 사람에 대한 투자 계획은 실패한 것 같습니다."

"사람에 대한 투자 계획이 실패했다고요?"

노형진은 고개를 갸웃했다.

사람에 대한 투자는 물론 위험부담이 크다.

하지만 그만큼 들어가는 돈도 적기에, 사회적인 미래를 위해 투자를 하고 있었다.

그런데 실패라니?

"어째서요?"

"인성이 좋지 못한 사람이 너무 많습니다. 이번에 심각한 문제가 터졌습니다."

"인성이 좋지 못한 사람이 많다? 그럴 리가요. 애초에 우리가 지원자들을 뽑을 때 철저하게 인성 테스트를 하지 않습니까?"

신청이 들어오면 무조건 거치는 게 인성 테스트다.

단순히 주변에 물어보는 게 아니다.

정신과 의사를 통해 3회 이상 인성 테스트를 한다.

노형진 스스로가 인성이 바르지 않은 자들이 권력을 가졌을 때 세상이 얼마나 지옥으로 변하는지 충분히 봤기 때문에 만든 철칙이었다.

그래서 아무리 재능이 있어도 인성이 안된다면 지원은 없다.

그런데 그렇게 걸렀는데도 인성이 안 좋은 사람들이 많다고?

"그게 가능합니까?"

"아무래도 성공하고 나서 성격이 변한 게 아닌가 하는 생각이 듭니다만."

이것이 법이다

"그럴 리가요. 아직은 투자 단계 아닙니까?"

성공한 후 사람이 바뀌는 경우는 많다.

오죽하면 '완장질'이라는 말이 생겼겠는가?

뭐라도 하나 달면 자기가 무슨 대단한 사람인 줄 알고 거들먹거려서 나온 말이다.

그래서 인성 테스트와 인성 교육을 그렇게 하는 거고.

하지만 그런 일이 터지기에는 아직 너무 이르다.

"제가 알기로는 아직 투자 단계라 인성이 망가질 만한 상황은 아닐 텐데요."

사람마다 성공의 단계가 다르다.

어떤 사람은 거대 기업을 이끌어야 성공이라고 하고, 어떤 사람은 연봉이 몇억씩 되어야 성공이라고 한다.

현재 인재 투자에 들어가는 단계는 그 정도까지 가지 못했다.

이제 막 실무에서 활약하기 시작하는 시점이다.

"더군다나 이야기를 들어 보니 아주 심각한 문제가 터진 것 같은데, 도대체 무슨 일이 벌어진 겁니까?"

"우리가 지원하는 정치 지망생이 성추행 사건을 일으켰습니다."

"성추행 사건을요?"

노형진은 눈을 찌푸렸다.

성추행 사건은 분명 심각한 문제다.

하지만 한편으로는 가벼운 문제로 취급되기도 한다.

정확하게 말하면 힘을 가진 사람이 저지르면 가벼운 죄이지만, 힘이 없는 사람이 저지르면 구족을 멸할 범죄가 되는 게 성추행이다.

"정치인도 아니고 정치인 지망생이 성추행 사건을 일으켰다고요?"

"네. 인성 교육을 나름 확실하게 했다고 했는데요."

"흠……."

노형진은 턱을 문질렀다. 뭔가 이상했기 때문이다.

"물론 시스템이라는 게 완벽할 수는 없습니다. 그건 저도 알죠."

아무리 인성 검사를 한다고 해도 그 사람이 바뀌는 걸 막을 수는 없고 또 그걸 예측할 방법도 없다.

어려서는 자원봉사 하러 다니던 사람이 살인마로 클 수도 있고, 반대로 깡패 노릇 하던 사람이 자원봉사자로 평생을 헌신할 수도 있는 법이다.

그래서 노형진은 돈을 들여서라도 그에 맞는 해결책을 마련했다.

한 번의 테스트로 평생을 밀어주기에는 너무 위험한 게임이니까.

"하지만 제가 알기로는 규정상 1년에 한 번 인성 테스트는 의무 아닙니까?"

"맞습니다."

"그러면 마지막 테스트를 한 게 언제죠?"

"그러니까 4개월 전입니다."

"이해가 안 가는군요."

"네?"

"로버트 씨는 금전적 부분으로 접근해서 그럴지도 모르지만, 인간적인 부분에서 보면 사람이 그렇게 돌변할 수는 없습니다."

차라리 기업이라면 이해가 간다.

기업은 궁극적으로 돈을 버는 것이 목적이다.

그렇기에 어느 정도의 타락은 어쩔 수 없는 현실이다.

착하기만 해서는 돈을 벌 수 없는 게 자본주의니까.

"하지만 인간은 아니죠."

하물며 노형진이 하는 투자는 돈이 되는 것이 아니라 사회를 위한 투자다.

그런 만큼 돈을 갚으라는 압박도 거의 없는 것이나 마찬가지다.

"그런데 갑자기 인성이 돌변할 리 없죠."

가령 의과대학에 가려고 하는 고아가 있다고 치자.

마이스터에서 그에게 돈을 갚으라고 하기는 한다.

하지만 그 이자는 거의 없는 거나 다름없는 최저리 수준이다.

그 대신에 그들은 돈이 없어서 치료받지 못하는 사람들에게 수술을 해 주는 것이다.

물론 미래의 일이다.

"거기에 인성이 변할 이유가 있던가요?"

"그건…… 그러네요. 너무 금전적인 부분만 생각했군요."

하물며 대부분의 지원 대상은 재능이 있고, 그 일을 하고 싶어 하던 사람들이다.

그들은 지원 대상으로 선정되었을 때 눈물을 흘리며 감사했다.

더군다나 정치 쪽이라면 더 말이 안 된다.

정치 지망생에게 지원을 해 주는 조직 같은 건 없으니까.

"대부분 그런 경우에는 자기 스스로 조심합니다. 그런 사람이 갑자기 단시일 내에 인성 문제가 거론될 정도로 변한다는 건 이해가 안 가는군요. 더군다나 성추행요? 아실지 모르지만 성범죄 관련자들은 대부분 전과가 있습니다. 다른 범죄들보다 훨씬 중독성이 심하거든요."

쉽게 말해서 성범죄자들은 계속해서 성범죄를 저지른다는 말이다.

"그런데 단 한 번도 그런 문제가 없었는데 갑자기 성범죄를 저질렀다고요? 거기에다 한 명도 아니고…… 피해자가 몇 명이라고요?"

"두 명입니다."

"두 명이라……. 너무 극단적으로 변했는데요?"

더군다나 인성 문제가 터지면 지원이 끊어진다는 것도 알

텐데 말이다.

"혹시 술 마시고 그런 거랍니까?"

그럴 수도 있다.

평소에는 멀쩡하다가 술 마시면 개가 되는 사람들이 분명 존재하니까.

물론 그런 사람들은 당연히 걸러야 한다.

술 마셔서 풀어 준다는 건, 노형진의 상식으로는 절대 용납할 수 없는 일이었으니까.

하지만 대답은 의외였다.

"성진욱 씨는 알코올에 알레르기를 가지고 있습니다. 술을 먹으면 취하는 게 문제가 아니라 생명이 문제입니다. 그래서 병원에서도 알코올 솜 대신에 요오드를 써 달라고 부탁할 정도입니다."

"현장에서의 증거는?"

"증거는 없습니다. 하지만 피해자 여성들의 증언은 있었습니다."

"그 두 명의 여성 말이군요."

"네."

"혹시 그들이 같이 성추행을 당했답니까?"

"아니요. 다른 장소에서 따로 당했답니다."

"그래요?"

뭔가 냄새가 나는 상황이다.

물론 따로 당했다고 해서 성추행이 없어지는 것은 아니다.

"동시에 고소가 들어갔나요?"

"네. 그게 왜 문제가 되나요?"

"보통 성추행은 동시에 고소가 들어가지 않습니다."

"네? 그게 무슨 말씀이신지?"

"정확하게 말하면, 대부분의 여성들은 성추행 사건이 벌어져도 무리해서 고소까지는 가지 않는 성향이 있습니다. 한국 사회는 성추행 피해자에게 품행 방정을 따지는 정신 나간 성향이 있거든요."

그래서 이런 사건이 터지면 보통 한 명이 고소를 하고, 그 사실을 안 다른 사람들이 용기를 내서 고소하는 식으로 진행된다.

"그런데 동시에 고소가 진행되었다? 두 분이 서로 아는 사이인가요?"

그렇다면 충분히 가능하다.

하지만 로버트는 고개를 갸웃했다.

"저희가 파악한 바로는 아니라고 합니다."

"동시에 성추행으로 두 건이 이루어졌다라……."

너무나 작위작인 느낌이라고 할까? 노형진은 꺼림칙한 기분이 들었다.

"자세한 기록이 있습니까?"

"아니요. 담당 직원에게서 간단한 보고서만 올라왔습니

다. 계속 지원을 할지 말지에 관해서 답변을 달랍니다."

일반적인 성추행 사건이라면 지원은 무조건 끊어야 한다.

하지만 그러기에는 꺼림칙한 부분이 많았다.

"그 사건에 대해 좀 더 조사를 부탁드립니다. 아무래도 정확하게 사건을 인지해야 할 것 같네요."

"그 사건에 대해서요?"

"네. 만일 다른 목적이 있어서 이런 사건이 벌어지고 있다면 우리가 조심해야 하는 상황입니다."

"다른 목적이 있을 거라고 생각하십니까?"

"모르죠."

노형진은 어깨를 으쓱했다.

"한 가지 확실한 건, 여전히 꺼림칙하다는 겁니다."

그리고 이렇게 직감이 꺼림칙한 경우는 자신이 모르는 뭔가가 있는 것이 보통이었다.

⚖️

"사건 기록이 올라왔습니다. 그런데 이상한 부분이 있더군요."

로버트는 얼마 지나지 않아서 보고서를 들고 왔다.

그런데 그의 표정이 영 좋지 못했다.

"아무래도 우리가 모르는 뭔가가 이루어지고 있는 듯합니다."

"우리가 모르는 뭔가요?"

"그렇습니다. 성추행 사건에 대한 기록도 두 여성의 증언 뿐입니다."

"그건 알고 있었던 거 아닌가요?"

"그리고 두 사람은 서로를 모른다고 했는데, 저희가 조용히 조사한 바에 따르면 그것도 아니더군요."

조사 결과에 따르면 그들은 같은 지역에서 활동하는 여성들이었다.

거기에다 그들은 중학교, 고등학교를 같이 다녔다.

"성추행이 이루어지기 전에 성진욱 씨와는 만난 적도 없는 사이인 것 같더군요."

"만난 적도 없는 사이라……."

처음 만난 사이라면 아무래도 남자는 조심하기 마련이다.

물론 그런 건 신경도 쓰지 않고 성추행하는 미친놈도 있기는 하지만 말이다.

"하지만 저희가 아는 성진욱 씨는 처음 보는 여자 둘을 성추행할 타입은 아니지요."

로버트의 말에 노형진은 진중해졌다.

그리고 한층 더 조심스러워졌다.

"이건 조심스러운 문제입니다. 성추행범은, 다른 사람들은 그에 대해 잘 모르는 경우가 많습니다. 하물며 우리는 더더욱 그렇겠지요. 단순히 두 피해자가 아는 사이일 가능성이 높다는 이유로 우리가 나설 수는 없습니다."

성진욱은 억울하겠지만, 그게 현실이다.

로버트는 노형진에게 자신이 알아낸 정보를 건넸다.

"그것만이라면 이상하다고 생각하지 않았을 겁니다. 하지만 성진욱 씨의 자리를, 정확하게는 그가 준비하던 자리를 다른 자가 빼앗았습니다."

"다른 자가 자리를 빼앗아 갔다고요?"

"네, 지역당 위원장의 아들입니다. 성진욱 씨가 준비하던 지역 청년 대표 자리입니다."

성진욱이 마이스터로부터 지원받아서 출마를 준비하던 자리. 그 자리를 난데없이 엉뚱한 사람이 끼어들어서 채 갔단다.

"다른 사람이 할 수도 있습니다만? 아들이라고 해도 능력이 된다면 충분히 가능하죠."

"지금까지 정치 쪽 경험이 전혀 없던 사람입니다. 결정적으로, 그와 피해자들이 같은 학교를 나왔습니다."

"같은 학교 출신이라고요?"

"네."

그들은 같은 고등학교를 같은 해에 졸업했다.

즉, 동문이라는 거다.

"말이 안 되는 상황인데요."

너무나 작위적인 상황. 물론 우연일 수도 있지만…….

"우연도 세 번이면 필연이라는 말이 있지요."

아니면 누군가 우연을 만들어 내든가 말이다.

"그러면 그 청년 대표 자리는 누가 가장 유리했습니까?"

"사실상 성진욱 씨의 단독이나 마찬가지였습니다."

즉, 특별한 이상이 없다면 성진욱이 그 자리를 가지게 되었을 거라는 소리다.

"그리고 그 자리에 뽑힌 사람은 다음 선거에서 자연스럽게 비례대표로 출마하게 된다고 하더군요. 젊은이들을 대표하는 자리니까요."

"그러니까 국회의원 자리가 확정되어 있다는 소리로군요."

"네."

"확실히 일이 그쯤 되면 이상하기는 하군요."

하긴 요즘은 청년이니 뭐니 하면서 청년을 선거판 전면에 나서게 하는 게 유행이니까.

"기회는 한정되어 있으니까요."

기회는 한정되어 있고 그걸 잡을 수 있는 사람들 역시 한정되어 있다.

"끄응…… 무슨 소리인지 알겠습니다."

"그렇지만 그렇다고 해도 여전히 이해가 가지 않는 것이 있습니다. 미래에 아주 높은 확률로 공천을 받아서 비례대표가 될 수 있다고 하지만, 그건 확정적인 게 아닙니다. 아직 선거까지는 기간이 좀 남았고 그 기간이면 청년 대표가 바뀌기에 충분한 시간이죠. 그런데 왜 이렇게 말도 안 되는 방식

이것이 법이다

으로 그 자리를 빼앗은 걸까요? 치적 때문일까요?"

로버트의 말에 노형진은 단박에 뭐가 문제인지 알았다.

"기회 그 자체가 문제군요."

대한민국에서 권력층은 자기 아래에 있는 사람들이 기회를 가지는 것을 상당히 불편해한다.

사실 웃긴 일이지만, 모든 권력은 세습을 목표로 한다.

문제는 정상적인 민주주의 시스템에서는 세습이 불가능하다는 거다.

공부는 지원해 줄 수 있지만 그런다고 해서 반드시 그가 그 길을 갈 만한 머리가 되는 건 아니니까.

아버지와 어머니가 의사라고 자식도 100% 의사가 될 수는 없는 노릇인 것이다.

"정상적인 경쟁이라면 더더욱 그렇지요."

대표적인 예가 바로 로스쿨 제도.

사법시험을 통해 변호사가 되던 시절에서 로스쿨 제도로 바뀌면서, 공식적으로는 더 많은 법조인을 만들어 내면 사회적으로 법률적 지원이 많아질 거라고 했다.

공식적으로는 말이다.

'하지만 현실은 개판이지.'

로스쿨 제도는 이미 타락해서 부자들의 놀이터가 되어 버렸다.

완전히 실력으로만 보는 사법시험이 아니라 '시험+면접'

이라는 구조로 이미 선발 과정에서 인간의 선입견이 들어갈 수 있도록 만든 데다가, 로스쿨을 졸업하고 변호사가 된다고 해도 백이 없는 변호사는 최소한의 훈련도 못 받는 상황인데 인맥이 되는 사람들은 전문 변호사들에게 교육받으며 대형 로펌으로 몰려간다.

오죽하면 새론에서 만든 하늘에 들어오려고 하는 사람들이 너무 많아서 다 받아들일 수가 없는 수준이다.

그렇게 인성이고 뭐고 없이 인맥으로 자리를 세습하다 보니 로스쿨 출신의 검사가 강간 피해자를 또 강간하는 등 심각한 폐해가 벌써 발생하고 있었다.

"기회의 한정이 문제로군요. 하지만 기회 자체는 공정해야 하지 않나요?"

미국인인 로버트는 그런 행동이 이해가 가지 않는 모양이었다.

그럴 수밖에 없다.

미국 같은 경우는 기회를 주는 대상에 대한 감시도 잘되어 있는 데다가 기회 자체가 공평한 편이다.

물론 완벽하게 공평하지는 않다.

가령 어떤 자리에 들어가기 위해 시험을 볼 때, 시험 자체는 공평하다.

하지만 자본주의국가이기 때문에 그 시험을 준비하는 과정은 불공평할 수밖에 없다.

그건 돈의 문제니까.

"한국에서 소위 권력자라고 하는 놈들은 그게 마음에 안 드는 겁니다. 공정하게 실력으로 싸운다면 배움의 기회를 더 많이 거머쥘 수 있는 권력자들이 더 유리하지만, 정작 그들은 그러한 노력 없이 권력을 편히 유지하고 싶은 마음에 시험 자체를 불공정하게 만드는 거죠. 그럴 수밖에 없습니다. 한국은 미국과 다르게 노블레스 오블리주라는 게 없거든요."

노블레스 오블리주가 없으니 스스로 배움도, 헌신도 없다.

당연히 공정한 기회를 가지면 그 자리를 차지하는 것은 기존 세력이 아닌 새로운 세력이다.

그 증거가 바로 한국에 정치 명문이라는 게 없다는 것이다.

정치인이라면 기회가 훨씬 많음에도 불구하고 대를 이어서 국가에 헌신하는 정치인이 거의 없다.

물론 이권을 쥐고 있다면 이야기는 좀 다르지만 말이다.

공부만의 문제가 아니다.

애초에 시험 자체도 공정하지 않다.

가령 로스쿨의 경우 면접의 배점이 엄청나게 높은데, 선발하는 교수들은 학생들의 인성을 확인하기 위해서라고 한다.

하지만 5분짜리 면접으로 인성을 확인하는 것은 사실상 불가능하다.

물론 노형진과 마이스터처럼 정신과 의사를 동원해서 테스트할 수도 있지만 절대 그런 식으로는 시험 보지 않는다.

당연하게도 면접에서 터무니없는 점수를 받을 수 있다면 훨씬 똑똑한 사람이 떨어지고 내정된 사람이 붙는 것은 일도 아니다.

그런 일은 아주 흔하게 벌어진다.

문제는 그거다.

기회를 잡을 수 있는 자리는 한정되어 있는데 마이스터에서 지원하는 사람들은 누가 봐도 그쪽에서는 천재로 분류되는 사람들이다.

그러니 이길 수가 없다.

"이길 수 없으니 처리한다 이거군요."

"이길 수 없으니 처리한다……. 정확한 표현이네요."

노형진의 얼굴에 씁쓸한 미소가 떠올랐다.

그리고 그게 한 사람이 한 사람을 대상으로 하면 티가 나지 않았을 텐데 개나 소나 다 똑같은 짓거리를 하니, 황당하게도 마이스터에 대한 공격의 형태로 나타난 것이다.

"성진욱 씨는 청년 대표 자리를 두고 경쟁 중이었습니다."

그리고 그는 나름 열심히 활동을 했고 당 내부에서 좋은 평가를 받고 있었다.

당연하게도 장기적으로 그는 국회에 나가 정치판을 바꾸는 것이 목적이기에 자신이 사는 곳에서 표를 다지는 일을 게을리하지 않았다.

"만일 그들이 싸운다면?"

"사실상 싸움이 안됩니다."

오랜 시간 미리 준비한 성진욱.

그에 반해 아무런 경력도 경험도 없는, 경기도당 위원장 남진원의 아들 남석균.

"그리고 다음 선거에서 확정적으로 비례대표 자리가 주어지는 자리."

그 제도는 이번 선거에서만 이용되고 다음 선거에서는 폐기된다.

그럴 수밖에 없다.

말 그대로 쇼였으니까.

'그리고 경기도당 대표쯤 되면 그 정도 정보는 알겠지.'

즉, 자신의 아들을 국회에 입성시킬 수 있는 결정적 기회라는 거다.

'경기도면 당 내부에서도 다른 곳보다는 발언권이 셀 테고.'

수도권이 인구가 많으니 당연히 소속 국회의원 숫자도 많다. 그렇다 보니 그쪽을 총괄하는 경기도당 위원장의 파워는 셀 수밖에 없다.

그와 협력을 해야 선거가 진행되니까.

그와 상대할 수 있으려면 서울 정도 되어야 하는데, 그쪽에서 자기 자녀를 밀지만 않는다면 한번 해볼 만한 게임이다.

"성추행 누명이라면 벗어나는 게 쉽지 않겠네요."

더군다나 상황을 보면 작정하고 만들어서 씌운 거다.

강간도 아니고 성추행이라면 그걸 해결하는 건 쉬운 일이 아니다.

"소송은 어떻게 해서든 진행되고 있습니다. 아직 수사가 끝난 게 아니거든요. 문제는 그 이후입니다. 기회는 이미 박탈된 후니까요."

어떻게 소송을 해서 누명을 벗는다고 치자.

그런다고 해서 소문이 사라지는 것은 아니다.

당연히 주변에서는 안 좋은 시선을 보낸다.

"소문도 소문이지만, 결국 그걸 돌릴 방법이 없다는 게 문제죠."

이미 기회는 끝났고 그건 다른 작자들이 빼앗아 갔다.

'회귀 전 생각이 나네.'

노형진은 회귀 전 벌어진 모 기업의 취업 비리가 생각났다.

뽑는 사람이 사백 명이었는데 그 사백 명을 모두 비리와 관련해서 청탁으로 뽑은 회사.

당연하게도 그들이 들어갈 만큼 그 회사에 들어갈 수 있는 사람이 줄어들었다. 애초에 그 회사를 만든 목적이 그 지역의 활성화인 점을 생각하면 터무니없는 결과가 나온 셈이다.

"법률적인 부분은 새론과 하늘의 변호사들에게 맡기면 되겠습니다만……."

그쪽에서 무슨 협잡질을 했을지 모르지만 이쪽에는 뛰어난 능력의 변호사가 많다.

그들이 무슨 짓을 하든 그걸 깨부술 수 있다.

"문제는 그 이후, 기회에 관련된 부분이군요."

노형진은 턱을 문질렀다.

"저희가 다른 자리를 만들어 볼까요?"

"그건 안 됩니다. 기회는 한정되어 있기 때문에 기회인 겁니다."

만일 자신들이 힘을 써서 다른 자리를 만든다면? 그건 또다른 낙하산일 뿐이다.

도리어 그렇게 들어간 사람들은 조직에서 왕따를 당할 게 뻔한 일이고 사회적으로 성공하기는 힘들다.

마이스터에서 밀어줘서 성공했다는, 실질적으로는 무능하다는 소문이 돌 테니까.

"최소한 자리를 잡을 때까지는 우리가 도와주는 데에는 한계가 있습니다."

"하지만 이런 경우는 법적으로 어떻게 할 수가 없습니다. 이런 범죄를 저지른 사람들은 대부분 그 부모들입니다."

그 말은, 처벌 역시 그들 선에서 끝날 거라는 소리다.

그리고 대한민국의 특성상 그 처벌은 기껏해야 벌금이 한계일 테고.

"이건 좀 고민을 해 봐야겠네요."

노형진은 눈을 찌푸리며 말했다.

"허, 그런 일이 있었나?"

"네. 송 의원님은 어떻게 생각하십니까?"

"나도 이런 경우는 처음이라서 뭐라고 말할 수가 없군."

노형진은 이런 문제에 대해 가장 잘 알 만한 사람을 찾아갔다.

그건 다름 아닌 송정한이었다.

"하긴, 한국에서 학연, 지연, 혈연 빼면 뭐가 남겠나."

'우리가 남이가?'라는 말로 통하는 인연들.

좋은 게 좋은 거라고, 자기들끼리 모든 것을 나누는 행동들.

"그것도 어느 정도까지는 인정해 줄 수 있지만."

미국이라고 해서 그런 게 없는 게 아니다.

다만 미국은 그게 조직에 피해를 주지 않는 선에서 이루어지는 데 반해 한국은 조직의 피해를 각오하고 벌어진다.

"그렇다고 우리가 그걸 고소하거나 고발할 수 있는 건 아니지 않나? 개인 판단이 들어가는 부분이니까."

그러한 행동으로 인해 조직에 명백한 피해가 발생하면 모를까, 대부분의 경우 그저 당한 사람만 억울하지 그걸 해결할 수 있는 방법은 없다.

"그게 해결이 쉬웠으면 한국이 그렇게 쉽게 부패하지는 않았겠지. 그런 게 어디 한두 해 문제던가?"

"그건 그렇지요."

노형진은 고개를 끄덕거렸다.

안 그래도 그런 성향이 있는 국민성에, 정치인들이 표를 얻기 위해 고의적으로 지역감정을 유발한 후에는 더 심해졌다.

"방법이 없겠습니까?"

"글쎄, 그건 무리일 것 같은데. 내가 나서기도 애매하지 않나? 나도 결국 지금은 국회의원이야. 자네 말마따나 내가 나서서 이 문제를 해결하려고 하면 결국 그것도 권력자에게 붙어서 인맥으로 해결하는 꼴이 아닌가?"

"그렇군요."

노형진은 눈을 찌푸렸다.

송정한의 말이 맞다. 송정한이 나서면 이건 미래를 위해서도 좋은 것은 아니다.

송정한이 국회의원 자리에 영원히 있을 것도 아니고, 결국 이런 문제로 다른 권력에 기대다 보면 저쪽은 더 큰 권력을 가지고 나온다.

"그러면 방법은 하나뿐이군요."

"하나뿐이라니? 고소하려고?"

"물론 해야지요. 하지만 그래 봤자 벌금일 테니까요."

그나마 그건 돈을 줬을 때의 이야기다.

진짜 돈도 안 주고 학연, 지연, 혈연으로 묶어 버린 경우는 고소해 봐야 의미도 없다.

"그러면?"

"그들이 가장 두려워하는 방식으로 해야지요."

"가장 두려워하는 방식?"

"네. 그들 자식들의 인생을 망치는 겁니다."

"뭐? 그게 무슨 말인가?"

노형진의 말에 송정한은 깜짝 놀랐다.

"그 애들이 무슨 잘못이 있다고!"

"잘못이 없다고 생각하십니까?"

"응?"

"그걸 몰랐을까요, 그 사람들이?"

"그건……."

송정한은 말을 하려다가 말았다.

모를 수가 없다.

누가 자신의 라이벌인지도 모른다?

그 정도로 관심이 없다면 기회를 잡을 가치도 없다.

"물론 부모가 하는 일을 진짜로 모를 수도 있지요."

부모가 사기꾼인지 강도인지 아니면 횡령을 하는지, 어린 자식들은 모를 수도 있다.

그런 범죄는 당연히 그럴 수 있다.

"하지만 자기들이 관련된 문제입니다. 그들 스스로 부모에게 말하지 않으면 부모들은 대부분 모르죠."

더군다나 설사 그들이 말하지 않았다고 하더라도, 그들이 그 과실을 따먹은 것은 사실이다.

"가혹하다고 할지도 모르죠. 하지만 그 아이들은 그 정도로 가혹하다고 하면 안 됩니다."

남의 인생이 걸린 기회를 빼앗을 생각이라면, 자신의 인생도 걸어야 한다.

"후우, 알겠네. 하지만 무슨 수로? 그들이 과실을 따먹은 건 사실이지만 그렇다고 해서 범죄자가 되는 건 아니지 않나?"

복수재단을 동원할 수도 없고 정보길드를 동원할 수도 없다.

결국 그들 역시 사회 초년생일 뿐이다.

"사회 초년생이죠."

노형진은 어깨를 으쓱했다.

"감정이라는 게, 규칙이 없지 않습니까?"

"그러네만?"

"그러면 감정적으로 움직이면 되지요, 후후후."

노형진은 눈을 반짝거렸다.

"사람들은 기회를 잡으면 끝이라고 생각하지요. 하지만 진짜 힘든 건 붙잡은 그 기회를 지키는 겁니다, 후후후."

⚖️

"이 문제는 확실하게 하고 넘어가도록 하죠. 이건 그냥 넘어갈 수 있는 사건이 아닙니다. 좋은 게 좋은 거라고 넘어가기에는 너무나 심각한 문제죠."

성진욱은 모 정당에서 청년 대표로 활동하는, 정치에 투신해서 좋은 세상을 만들기 위해 노력하는 사람이다.

그런데 그의 노력이 단 한 번에 무너졌다.

"전형적인 권력의 세습을 위한 행동입니다."

더군다나 그 자리를 빼앗은 남자, 그러니까 남석균은 정치에 전혀 경험도 없는 사람이다.

물론 정치인을 경험으로 뽑는 것은 아니다.

문제는 최소한 신념이라도 있어야 한다는 건데, 그는 신념도 없다.

"확실히 그렇더군요."

로버트는 고개를 끄덕거렸다.

"원래 직업이 사무실 직원이라고 하더군요."

그것도 정상적인 사무실이 아니다.

그냥 아버지가 운영하는 사무실에서 일했었다.

그의 아버지의 공식적인 직업이 변리사니까.

"그쪽 조사는 어떤가요?"

"노 변호사님의 예상이 맞았습니다. 출근한 날은 거의 없더군요."

아예 출근도 하지 않는 날이 부지기수에, 웬일로 출근을 한다 해도 대충 빈둥거리다 사라져 버린다.

즉, 월급 받아먹으면서 시간이나 때우려고 했던 것이다.

"그러다가 기회가 되니까 잡아서 나오려고 한 거고요."

어차피 미래도 없고 뭔가 할 생각도 없으니, 정치나 하면서 목에 힘주고 살려고 했다는 거다.

"그러면 어쩌실 생각입니까?"

"세상을 바꿔야지요."

"세상을 바꾸신다고요?"

로버트는 깜짝 놀랐다.

노형진이 그런 말을 할 때마다 정말 국가 단위로 일이 터졌으니까.

"로버트 씨는 제가 일본에서 한 일을 아시죠?"

"알고 있습니다."

극비리에 이루어진 일이지만 그는 안다.

그래야 일본에서 오픈하는 가게에 투자할 수 있었으니까.

"하지만 이번에 보니 제가 실수했어요."

여기가 통통인데 아무리 노력한다고 해도 기회를 잡을 수 있을 리 없다.

실제로 모 기업이 제대로 삽질하면서 병신 짓을 할 때, 라이벌 기업의 주식이 급상승하다가 대폭락을 한 적이 있다.

알고 보니 그 기업도 경쟁 기업 못지않은 병신 짓을 한 게 연이어 터진 것이다.

"결국 기회를 잡는 것도 이쪽이 멀쩡할 때의 이야기거든요."

현재 국회는 친일파가 득세하고 있다.

일본의 정치를 흔든다고 한들 이쪽 친일파가 그 기회를 이용할까?

그럴 리 없다.

그들이 충성하는 대상은 한국이 아닌 일본이니까.

"제대로 하기 위해서는 여기만의 방식으로 한국의 정치를 정리해야 합니다."

"하지만 그게 쉬울까요?"

"못 할 건 없지요."

노형진은 어깨를 으쓱하며 말했다.

"물론 여럿에게서 곡소리가 나게 될 테지만요."

그리고 곡할 사람이 그 자신이 아니라는 것을, 노형진은 확신하고 있었다.

청년 대표는 미래에 중진이 될 수 있는 자리이기는 하지만 지금의 가치는 그다지 높지 않다.

주변에서 알아주는 것도 아니고 그렇다고 발언권이 강한 것도 아니다.

사실 청년 대표 문제 때문에 윗선이 떠들썩하게 될 이유는 없다.

지금까지는 말이다.

"그러니까 지금 청년 대표는 결격사유가 많으니까 바꿔 달라 이 말인가?"

민주수호당의 경기도당 위원장인 남진원은 시큰둥하게 말했다.

"그렇습니다."

"무슨 말도 안 되는 개소리를. 그 애는 충분히 가치가 있네."

그는 노형진의 말을 단호하게 잘랐다.

그럴 수밖에 없는 게, 자신의 아들이니까.

"하지만 그 사람의 행동에 대해 의문이 많습니다. 물론 저희가 밀어주는 사람이 있기는 합니다. 하지만 그를 꼭 뽑아 달라는 게 아닙니다."

노형진 측이 밀어주는 사람은 충분히 준비를 했다.

하지만 그만큼 준비를 한 사람들은 많고, 다 각자의 장점이 있으니 꼭 뽑아 줄 필요는 없다.

"하지만 남석균은 아니죠."

그는 단 한 번도 지역을 돌아다니며 민심을 들어 본 적도 없는 인간이다.

지금 청년 대표가 된 후에도 정치적인 일보다는 돌아다니면서 친구들과 술 마시기 바쁜 인간이 남석균이다.

"술자리에서 나오는 말이야말로 서민들의 진심이지."

'개소리하고 자빠졌네.'

물론 틀린 말은 아니다.

하지만 그건 어디까지나 서로 아는 사이끼리 마음 편하게 이야기할 때의 일이다. 그가 무슨 일을 하는지 빤히 아는데 쉽게 이야기할 사람은 없다.

"남석균 씨가 아드님인 건 압니다. 하지만 그렇다고 해서 이렇게 노골적으로 밀어주시면 곤란하죠."

"노골적이라니! 노골적이라니! 나는 하늘 아래 한 점 부끄러움이 없어! 나는 순수하게 능력과 미래의 가치만 보고 결정한 거야!"

'그래, 부끄러움이 없겠지. 부끄러움이 뭔지도 모를 테니까.'

노형진은 더 이상 따지고 들지 않았다.

그래 봤자 들어 처먹지 않을 게 너무나 뻔하니까.

중요한 것은 그가 노형진과 함께 있었다는 것이다.

"알겠습니다. 그러면 성진욱 씨는 저희가 데리고 나가죠."

"뭐?"

남진원은 눈을 찌푸렸다. 그리고 이내 코웃음을 쳤다.

"그러든가."

청년 대표가 되지 못한 성진욱은 결국 그냥 평당원일 뿐이다.

그가 계속 함께 있어 봐야 자신과 남석균만 불편하지 좋은 건 하나도 없다.

"뭐, 그렇게 말씀하신다면."

노형진은 어깨를 으쓱했다. 그리고 바깥으로 나왔다.

바깥에서 기다리던 로버트는 걱정스러운 얼굴로 말했다.

"어쩌실 생각입니까? 불이익을 주고 싶어도 정치권은 쉽지 않을 텐데요."

"불이익을 주는 건 쉽습니다. 인간은 자기가 불리해지는 걸 무척이나 싫어하거든요."

"그게 무슨 말씀이신지?"

"청년 대표 자리는 사실 중요하지 않습니다. 중요한 건 상징성이죠. 그리고 그보다 더 중요한 건, 바로 움직이는 겁니다."

"움직인다?"

"네. 그리고 성진욱은 움직일 때가 된 거죠."

⚖️

"저보고 탈당하라는 말씀이십니까?"

"네. 그들에게 흔들리지 않기 위해서라도 탈당하셔야 합니다."

"하지만 무슨 수로요?"

"결국 일본이나 한국이나 마찬가지인 거죠."

노형진은 느긋하게 말했다.

그동안은 한국 정치인들과 거리를 두고 살았다. 하지만 이번 사태로 마음이 바뀌었다.

"정치라고 하면 보통 위에서 아래로 내려오는 걸 말하죠."

노형진의 말에 성진욱은 고개를 끄덕거렸다.

"그게 사실 아닙니까?"

"그런데 그게 이상하다는 생각은 안 드십니까?"

"이상하다고요?"

"네. 대한민국은 민주주의국가입니다. 풀뿌리민주주의를 이야기하고 지역 자치를 이야기하고 있지요. 국회의원도, 도의원도, 시의원도, 심지어 교육감도 선거로 뽑습니다. 그런데 정작 그 지역에서 출마하는 국회의원의 공천권은 국회가 가지고 있지요. 아니, 국회도 아니군요. 정당에서 자기 입맛대로 공천해서 지역구로 내려보내죠. 그 지역 인사도 아닌데 말입니다."

"그건…… 그렇죠."

그래서 성진욱이 그 자리를 차지하기 위해 그렇게 노력한 것이다.

"하지만 아래에서 위로 올라가지 말라는 법은 없지요."

"아래에서 위로 올라간다?"

"네, 아래에서 위로. 그 지역에 강력한 지지 세력을 만들어 둔다면, 과연 못 올라갈까요?"

국회의원들에게는 텃밭이라는 곳이 있다.

누구의 표현을 빌리자면 나라를 팔아먹어도 뽑아 주는 곳.

이것이 법이다

그런 곳이 바로 텃밭이다.

"그리고 우리는 그 부분을 노리면 됩니다. 우리가 그들에게 뽑아 달라고 하는 게 아니라 그들이 우리에게 와 달라고 빌게 만드는 거죠."

"하지만 무슨 수로 말입니까? 그들의 권력은 강합니다."

노형진은 고개를 끄덕거렸다.

그들이 중앙에서 아래로 내려보내는 구조를 굳이 유지하는 이유, 그건 권력 때문이다.

그 권력을 놓지 않기 위해 그들은 아래에서 올라온 인재를 절대로 받아들이지 않는다.

"하지만 그 지역에서 이름이 충분히 알려져 있다면 이야기는 달라지지요."

순간 로버트의 눈빛이 떨렸다.

"설마 일본 같은 구조를 생각하시는 겁니까?"

노형진이 일본에 뿌린 씨앗, 새로운 정치 시스템.

노형진은 사기꾼들을 일본의 정치인으로 데뷔시킴으로써 궁극적으로 영향력을 크게 키울 생각이었다.

"한국에도 그런 시스템을 만드실 생각입니까? 하지만 그건 무리입니다."

"네?"

성진욱은 로버트와 노형진의 말이 이해가 가지 않았다.

하긴 당연하다. 일본에서 벌어진 작전은 기밀이니까.

"물론 그럴 생각은 아닙니다. 구조적으로 그럴 수도 없는 상황이고요."

일본 같은 경우는 권력자들이 선거에서 자신들의 승리를 위해 이름 자체를 쓰지 못하게 하기 위해서 장난을 쳐 둔 상황이기에 그런 게 가능한 거다.

"하지만 한국은 아니죠."

한국은 듣기만 하면 어지간해서는 이름을 알 수가 있다.

설사 아니라고 해도, 애초에 한국은 투표용지가 이름 옆에 투표소에 비치된 도장만 찍으면 되게끔 구성되어 있으니 이름으로 수작을 부릴 수가 없다.

"그래서요?"

"그래서 전혀 다른 방법을 써야 합니다."

"전혀 다른 방법?"

그러면서 노형진은 성진욱을 바라보았다.

"그리고 그 방법을 처음으로 쓰는 게 바로 성진욱 씨죠."

"제가요? 이해가 안 가는데요."

성진욱은 고개를 갸웃했다.

그렇게 좋은 방법이 있다면 정치인들이 써먹지 않을 이유가 없다.

하지만 정치인들은 그런 것에 언제나 무심했다.

"그럴 수밖에 없을 겁니다. 그 방법은 기본적으로 돈이 들거든요."

"돈이 안 드는 일도 있던가요?"

"하긴, 그건 그러네요."

노형진은 어깨를 으쓱했다.

정치에 들어가는 돈은 어마어마하게 많다.

"뭐, 그 돈보다는 적게 들겠지만요."

"도대체 무슨 생각을 하고 계신 건지 모르겠네요."

"성진욱 씨가 지역 내에 일종의 여론조사 기관을 만드시면 됩니다."

"여론조사 기관요?"

성진욱은 눈을 찌푸렸다.

한국에 여론조사 기관은 많다.

이미 공신력이 있는 곳들이 있는데 거기에 하나 더 만들어 봐야 의미도 없다.

실제로 선거철만 되면 여론조사 기관이 우후죽순 생겼다가 다 사라진다.

"물론 말장난입니다. 진짜 여론조사 기관이 아니라 일종의 홍보 기관이죠."

"홍보요? 설마 국회의원에 대한 홍보를 하자는 겁니까?"

"네."

"노 변호사님! 그건 선거법 위반입니다!"

현직 국회의원이 다음 선거에 나간다고 알리는 것조차도 선거법 위반으로 처벌받는 것이 지금의 선거법이다.

그런데 단체를 만들어서 선거 홍보를 한다?

그게 선거법에 안 걸릴 수가 없다.

"그래서 제가 여론조사 기관이라고 한 겁니다. 아 다르고 어 다른 게 법이거든요."

"네?"

"보통 우리나라에서는 여론조사에 대해 그다지 호의적이지 않습니다."

그럴 수밖에 없는 게, 평소에는 전혀 관심도 안 보이다가 선거 때만 되면 다짜고짜 전화해서 번호를 누르라고 하니 귀찮을 수밖에 없다.

실제로 그러한 여론조사 전화의 응답률은 20% 미만이며, 그나마도 나이가 어려질수록 더 낮아지는 성향이 크다.

"그런데요?"

"중요한 건 이거죠. 국회의원이 다음 선거에 나간다고 말하면 그건 불법입니다. 하지만 국회의원이 자기 지역구의 의견을 사람을 보내서 듣는 건 합법이죠."

"그게 무슨 말씀이신지?"

"그리고 사람은 자기 이야기를 들어 주는 사람에게 마음이 가기 마련이지요."

노형진의 계획은 간단했다.

저쪽에서 받아 주지 않는다면 이쪽에서 만들어 낸다.

"사람들과 웃고 떠들고 지역의 의견을 귀 기울여 들어 줍니다. 그리고 한 집단을 만드는 겁니다."

처음이 힘들지 나중은 쉽다.

국회의원들에게는 매달 보좌진에게 지급하기 위한 월급이 나온다.

"그런데 사실 그건 충분하다 못해서 넘치거든요."

그래서 일도 안 하는 자기 자식이나 친척을 보좌진으로 올려서 그 돈을 착복하는 경우가 많지만.

"어쨌든 딱 선거할 때까지만 그렇게 하는 겁니다."

그때까지 사람을 고용해서 그렇게 하면, 선거가 시작되고 난 후에도 사람들이 그쪽으로 쏠릴 수밖에 없다.

"사실 선거 끝나고 그 지역구에서 국회의원을 보는 건 하늘의 별 따기죠."

아무리 서울이 정치의 핵심이고 국회의원들이 모이는 곳이라고 하지만, 한국의 국회의원들은 심하다 싶을 정도로 지역구에 관심이 없다.

그럴 수밖에 없는 게, 지역구민이 뽑아 주는 거라고 생각하지 않고 당에서 뽑아 준다고 생각하기 때문이다.

"우리는 계획을 바꾸는 겁니다. 지역에 붙어서 철저하게 지역구민들을 케어해 주는 거죠."

그 말을 들은 로버트는 떨떠름한 표정이 되었다.

그럴 수밖에 없는 게, 거기에는 분명 적지 않은 돈이 들어가기 때문이다.

"그리고 그 돈은 마이스터에서 나갈 테고요."

"맞습니다."

"하지만 그걸 가만둘까요? 저라도 그걸 막고 싶어 할 텐데요."

로버트의 말에 노형진은 고개를 끄덕거렸다.

"그게 제 목적입니다."

"네?"

"만일 제 예상대로라면 말이죠. 정당에서는 불편할 수밖에 없습니다."

장기적으로 이런 일을 하는 이들이 국회의원이 될 가능성은 높다.

지역구민들도 일주일에도 몇 번씩 만나면서 의견을 들어주는 사람에게 마음이 갈 테니까.

"그렇다고 해서 정당의 힘이 약해지지는 않습니다."

그게 가능했다면 이미 무소속들이 약진했어야 했다.

하지만 현실은 그렇지 않다.

"정당의 힘은 약하지 않죠. 하지만 애초에 우리는 장기적으로 볼 수 있지요."

"장기적으로요?"

"네, 그 지역에서 출마하는 사람이 한두 명이 아니니까요."

누군가는 선거를 위해 출마한다.

그리고 자신들은 그들 중 누군가를 골라서 대신 일할 수 있다.

"누구도 자유로울 수밖에 없군요."

성진욱의 얼굴이 환해졌다.

그의 꿈은 바른 세상을 만드는 거지 본인이 국회의원이 되는 게 아니다.

만일 그가 판단하기에 이 사람이 바르지 않다고 생각되면 다른 정당의 국회의원이나 출마 예정자에게 위탁받아서 여론조사를 하고 다니면 된다.

"그리고 국회에서는 난리가 날 겁니다."

국회의원들은 지역 내의 단체에 약한 모습을 보인다.

그들이 표를 움직일 수 있기 때문이다.

"그런데 그들의 숫자는 한정되어 있죠."

많아야 몇백 명 수준.

하지만 여론조사 기관은 아니다.

여론조사를 하면서 최소 수만 명에서 수십만 명을 볼 수도 있다.

"하지만 여론조사만으로 될까요?"

로버트는 고개를 갸웃했다.

여론조사만으로 여론을 바꾼다는 게 이해가 가지 않았으니까.

"가능합니다. 질문을 정하는 건 우리니까요."

"네?"

"가령 어떤 정치인에 대해 여론조사를 한다고 칩시다."

만일 그를 홍보하고 싶다면 그가 잘한 행동에 대한 질문을 작성하면 된다.

가령 그가 지역구에 도로를 만들어 내는 데 성공했다면 그에 관련된 질문을 하면 된다.

"떨구고 싶다고요? 그러면 그 반대로 하면 되죠."

아들의 병역 비리, 그리고 본인의 비리 같은 걸 설문으로 작성하면 된다.

그러면 모르던 사람은 알게 되고, 본래 알고 있던 사람은 더 싫어하게 된다.

"정치인들은 난리가 날 테구요."

노형진의 말에 로버트는 혀를 내둘렀다.

생각해 보면 여론조사 단체에서 단어를 이용해서 말장난을 하는 경우는 많다.

과거에 어떤 여론조사 단체에서는 모 대통령의 지지율을 조사할 때 질문과 답변을 조작해서 지지율 70% 이상을 뽑아낸 적이 있었다.

하지만 현실적으로 완벽한 중립적 질문을 했을 때 해당 대통령의 지지율은 30%도 되지 않았다.

"정치를 국회에서만 하라는 법은 없지요. 후후후."

노형진은 눈을 반짝거렸다.

"진짜 민주주의가 뭔지, 아마 국회의원들은 이번에 제대로 배우게 될 겁니다."

아 다르고 어 다르네

성진욱은 여론조사 단체를 만들었다.

다만 다른 단체와 다른 것은, 여론조사가 전화가 아니라 오로지 대면으로만 이루어진다는 것이다.

단순히 질문 몇 개를 하는 게 아니라 정책적으로 불만스러운 부분이나 마음에 안 드는 부분까지 다 들어 주는 그런 곳이었다.

"불만? 많지. 엄청 많아. 지금 정치를 하자는 거야, 아니면 소꿉놀이를 하는 거야?"

지역구에서 시작된 그러한 행동들은 당연하게도 사람들에게 영향을 주기 시작했다.

사람들은 자신의 감정에 빠져드는 성향이 있다.

이게 무슨 소리냐면, 불만을 말하라고 하면 그 불만을 말하면서 점점 더 상대방을 미워하게 된다는 것이다.

당연하게도 그 지역구의 국회의원 지지율은 바닥을 향해서 곤두박질치기 시작했다.

"이게 뭔 소리야? 내 지지율이 왜 이것밖에 안 나와?"

당연히 해당 지역 국회의원들은 난리가 났다.

국회의원들에게 제일 중요한 것은 지지율이다.

그럴 수밖에 없다.

모든 권력의 중심이며, 그게 있어야만 그들이 권력의 핵심에 있다고 볼 수 있기 때문이다.

사실 국회의원 자리에서 잘리면 재수 없으면 보복이 들어올 수도 있기 때문에 최대한 권력을 지키는 것은 아주 중요한 부분이었다.

"그런데 이게 무슨 말도 안 되는……."

그래서 그들은 알게 모르게 지지율에 신경을 쓴다.

그런데 단 2주 만에 무려 10% 이상 떨어진 것이다.

"여기뿐만 아닙니다. 이 주변에서 그런 곳들이 많습니다. 이래서는 다음 선거에서 이 지역을 자유신민당에 모조리 빼앗기게 생겼습니다."

평소와 다르게 긴급하게 돌아가는 회의.

"도대체 뭐가 문제인데? 요 근래 악재 터진 게 있어?"

이 정도로 지지율이 떨어지는 건 보통 두 가지 이유다.

상대방이 엄청나게 잘한 게 있거나 자신들이 엄청나게 잘 못하는 게 있는 경우.

하지만 요 근래에 그런 건 없었다.

"그게, 요즘 여론조사 기관이 하나 생겼는데……."

"그런데?"

"그들이 우리 당 국회의원들의 공약 지지율을 가지고 여론 조사를 하고 있습니다."

듣고 있던 국회의원들은 소름이 돋았다.

공약이란 본래 공공의 약속이라는 뜻이지만, 현실적으로 는 '공허한 약속'의 줄임말로 쓰는 경우가 더 많다.

대부분의 정치인들이 선거 때에는 말도 안 되는 터무니없 는 공약을 던지고는 그걸 지키지 않는다.

어차피 지킬 생각이 없었으니까.

지역 내에 지하철역을 만들겠다거나 지역 내에 공기업을 유치하겠다는 약속은 기본이다.

거의 모든 국회의원들이 경제를 살리겠다는 공약을 하고 청년 실업을 해소하겠다고 하지만, 정작 그 방법에 대해서는 아무 말도 하지 않는다.

당연히 그런 공약을 지킬 의지도 없다.

하지만 사람들이 그걸 잊어버리는 것과 계속 기억하는 것 은 전혀 다른 문제다.

"이거 어떻게 된 거야?"

국회의원들은 당황해서 물었다.

도대체 이런 여론조사를 하는 집단이 누구인지 알지 못했기 때문이다.

"그게, '성진욱 여론조사'라는 회사입니다."

"성진욱?"

"그 새끼가 우리한테 무슨 억하심정이 있어서……!"

발끈하는 다른 사람들과 다르게 남진원은 순간 당황해서 움찔했다.

"뭐야? 남 위원장, 아는 거 있어?"

"아니요. 저도 잘……. 왜 그럴까요?"

그는 뻔한 거짓말을 하면서 속으로는 진땀을 흘렸다.

'이 새끼가 미쳤나?'

고작 평당원 하나가 자신에게 엿을 먹일 줄 몰랐던 그는 짜증이 났다.

'아니, 평당원이 아닌가?'

성진욱의 뒤에 미다스가 있다는 것이 생각났다.

물론 그들은 그가 활동할 수 있는 돈을 지원할 뿐 딱히 뭘 하지 않아서 그다지 신경 쓰지 않고 있었지만.

'이런 씨발.'

그리고 그제야 그는 아차 싶었다.

미다스라는 존재에 대해 너무 쉽게 생각했다고 말이다.

"그런데 더 문제가 되는 건, 다른 당에 대한 여론조사는 유리한 내용뿐이라는 겁니다."

"다른 당?"

"자유신민당 말입니다. 그쪽에 대해서는 호의적인 질문을 합니다. 그렇다 보니 민심 이반이 심합니다. 심지어 당사와 국회의원 사무실로 사기꾼이라는 전화도 계속 오고 있습니다."

"닝기미, 이게 무슨 상황이야?"

국회의원들은 정신을 차리지 못하고 허둥거렸다.

이런 일은 처음이었으니까.

"이거 막을 방법 있습니까? 소송을 건다든지?"

"그게 말입니다."

전담 변호사는 진땀을 흘렸다.

"없습니다."

"아니, 말도 안 되잖아요, 이런 불공정한 여론조사를 한다는 게!"

"그게, 여론조사의 결과를 공표하는 건 법에서 제한을 합니다만……."

여론조사의 질문 자체는 법에서 정하지 않는다.

아니, 정하지 못한다.

그렇게 하는 순간 민주주의가 무너지기 때문이다.

권력을 잡은 자가 자신에게 유리한 내용의 여론조사만 하도록 통제하려고 할 테니까.

"상대방은 그 허점을 정확하게 노리고 있습니다."

여론조사 결과는 공표하지 않은 채로 질문만 계속하고 있다.

"그건 문제도 아닙니다. 이 홈페이지를 봐 주십시오."

"이건?"

"지역민들의 청원 내용입니다."

진땀을 흘리며 대답하는 보좌관. 곧 그가 컴퓨터 화면을 띄웠다.

거기에는 성진욱 여론조사의 홈페이지가 떠 있었다.

"이건 뭔데?"

"청원 내역입니다."

"청원 내역?"

"그렇습니다. 이 망할 새끼들이 여론조사만 하는 게 아닙니다."

일선의 의견을 당에 전달한다며, 사람들에게 청원을 받아서 정당과 해당 지역구의 국회의원들에게 전달하고 있다.

"그게 문제가 된다고? 그런 민원이야 한두 개가 아니잖아?"

"그건 그런데, 진짜 부담되는 건 그게 아니라 이 카운트입니다."

"카운트?"

"그렇습니다."

그런 걸 전달하면 당에서는 일단 웃으며 대하지만 대부분의 경우 그냥 쓰레기통으로 들어간다.

다 들어줄 수도 없거니와 그럴 필요도 없으니까.

"하지만 여기 보십시오."

"으음……."

해당 청원을 넣은 시간과 더불어 그 이후 얼마나 시간이 지났는지까지 표시되고 있었다.

"심지어 그걸 인터넷뿐만 아니라 종이로 만들어서 지역구민들에게 나눠 주고 있습니다."

그렇다 보니 인터넷에 익숙한 젊은 세대뿐만 아니라 나이 많은 세대까지 적으로 돌변하고 있는 상황.

"그러니까 우리가 이걸 무시하면……."

"지역구민들을 무시하는 꼴이 되는 겁니다."

"이런."

지금까지와 다르게 크게 당황하는 국회의원들.

다른 건 이것과 비교하면 문제도 안 될 정도의 일이었다.

"그리고 이게……."

"뭔데?"

"질의응답입니다."

"질의응답?"

"네."

특정 민원을 넣고 시간만 표시하는 게 아니다.

그에 따른 답변을 인터넷에 올려 두고 있다.

"잠깐, 저 질문?"

국회의원 한 명이 당황해서 말했다.

그가 아는 질문이었기 때문이다.

정확하게는 그의 지역구에 대한 질문이었다.

"어쩐지 내 지지율이 미친 듯이 폭락하더니만!"

그건 다름 아닌 지역 내 오염 물질을 내뿜는 공장에 대한 질의였다.

전에도 몇 번 있었지만 대충 둘러대고 말았다.

그런데 지금은 상황이 전혀 달라졌다.

전에는 무시했는데 여기에는 그 답변이 있었다.

물론 자신이 한 건 아니다.

몇 번 있던 질문이기에 그 질문에 대한 답변이 정해져 있어서 아랫사람이 한 대답일 것이다.

　　해당 공장의 문제에 대해서는 통감하지만 개인의 사업에 관련된 문제이기 때문에 정확한 답변을 하기가 곤란합니다.

평소라면 문제가 안 되었을 것이다.

그걸 본 민원인이 툴툴거리고 끝났을 문제니까.

하지만 이게 인터넷에서 사람들에게 공개된다면 상황이 달라진다.

누가 봐도 그가 그 문제를 해결할 생각이 없다는 걸 알게 될 테니까.

물론 하고 싶어도 못 한다.

그에게 적지 않은 정치자금을 지급하고 있는 회사이기 때문에 애써 모른 척하고 있었던 것이다.

"이런 씨발!"

하지만 이런 식으로 모든 걸 질문하고 답변을 받은 다음 적극적으로 주민들에게 알리면, 국회의원의 사소한 언행 하나하나가 바로 치명적 타격으로 돌아온다.

"이런 씨발! 이거 뭐야? 어떻게 된 거야? 이거 작정하고 우리를 죽이려고 덤비려는 거잖아!"

국회의원들은 이해가 가지 않았다.

상대방은 국회의원의 생리적 약점을 정확하게 알고 공격하고 있다.

그런데 그럴 이유가, 도무지 감이 잡히지 않는다.

"평당원이라면서? 그런데 왜 우리한테 이러는데?"

평당원이라는 것. 그건 민주수호당의 지지자라는 소리다.

하지만 그가 하는 모든 행동은 민주수호당의 목숨 줄에 쐐기를 박는 것이었다.

결국 모두의 시선은 돌고 돌아서 남진원에게 향했다.

그가 평당원을 관리하는 책임을 지고 있으니 말이다.

"저도 잘 모르겠습니다."

고개를 슬쩍 돌리는 남진원.

그 모습을 본 국회의원들은 그가 뭔가 감추고 싶어 한다는 걸 알아차렸다.

"사실대로 말해요. 남 위원장!"

"아니, 전 모른다니까요!"

"모른다고 하면 다 해결됩니까? 지금 우리 상황 몰라요?"

"너 도대체 뭔 짓을 한 거야, 이 새끼야!"

결국 언성이 높아지는 상황까지 왔다.

그때 국회의원 한 명이 손을 들어서 사람들을 침묵시켰다.

그나마 여기서는 상당히 중진에 속하는 사람이었다.

그래서 여기에 있는 누구보다 정치인들의 속성에 대해 잘 알았다.

"어차피 물어봐도 대답하지 않을 겁니다. 하지만 우리는 대답을 할 만한 사람을 알지요."

남진원은 움찔했다.

그러나 차마 안 된다는 소리는 할 수가 없었다.

⚖

"뭐라고요? 세습?"

"그렇습니다."

노형진은 성진욱을 대신해서 그들을 만났다.

"마이스터와 성진욱 씨는 대한민국의 미래를 위해 뭉친 겁니다. 정치적으로 식견이 있고 능력이 있는 사람이기에 저희가 지원을 결정한 거고요."

이것이 법이다

아 다르고 어 다른 게 바로 사람 말이다.

남진원은 단순히 자기 아들을 정치인으로 만들고 싶어서 한 짓인지 모르지만, 마이스터에서 다르게 받아들인다면 이야기가 달라진다.

"그런데 귀 당의 남진원 씨가 성진욱 씨에게 그랬다고 하더군요. 정치는 세습이라고요. 아무것도 없는 성진욱 씨는 정치를 할 필요가 없다고 말입니다."

당에서 나온 사람은 입을 쩍 벌렸다. 설마 그런 미친 소리를 하는 놈이 있을 줄은 몰랐을 테니까.

'물론 그런 말을 하는 사람은 없겠지.'

하지만 사람이 말을 하지 않는다고 해서 그의 본심이 가려지는 건 아니다.

남진원은 명백하게 세습을 노렸고, 노형진은 정치인의 세습을 두고 볼 수가 없었다.

그걸 그냥 두면 일본 꼴밖에 안 날 테니까.

"그래서 저희는 다른 방식을 쓰기로 했습니다. 성진욱 씨의 목표는 국회의원이 되는 게 아니라 어디까지나 올바른 정치를 하는 것이니까요."

"그래서 저희에게 이렇게 한다는 겁니까?"

"네, 그럴 생각입니다만."

"그 말은? 설마……."

당직자는 차마 뒷말을 할 수가 없었다.

그다음 말은 자신이 생각해도 부담스러운 말일 수밖에 없으니까.

"마이스터가 적대하는 거냐고요? 그렇게 보셔도 무방합니다."

'이런 미친 새끼! 뭔 짓을 한 거야!'

아무리 마이스터가 해외의 기업이라고 하지만 그 파괴력은 어마어마하다.

그런데 다른 사람도 아니고 마이스터의 장학생을 쫓아냄으로써 그들은 마이스터라는 존재를 적으로 돌린 것이다.

"아니, 이건 오해가 있는 겁니다."

"오해가 있기는요. 저희가 직접 찾아갔습니다. 하지만 남진원 씨는 세습이 아주 당연하다고 생각하시더군요. 당 차원의 결정이라고 하시던데요."

"다…… 당 차원요?"

"네."

당직자는 입술을 깨물었다.

"이런 미친 새끼가!"

물론 자식에게 뭐든 해 주고 싶은 부모의 마음은 이해한다.

하지만 그렇다고 해서 당까지 팔아 가면서 세습을 하면 곤란하다.

"그건 말도 안 됩니다. 저희는 그런 일이 전혀 없습니다."

"그 말이 다른 사람도 아니고 경기도당 위원장의 입에서 나왔는데요."

"그건……."

"더군다나 실제로 그분 아들이 경기도당 청년 대표가 되었습니다만."

"……."

"제가 알기로는, 그 자리에 올라가면 다음 선거에서 청년 비례대표 1순위로 올라간다지요?"

당직자는 아무런 말도 못 했다.

그럴 수밖에 없다. 그건 사실이니까.

물론 아들인 것도 알고 있다.

그리고 그걸 모른 척해 준 것도 사실이다.

"이번 사태로 인해 저희 마이스터는 대한민국에 대해 부정적인 시선을 가질 수밖에 없습니다."

"부정적인 시선요?"

"부패한 국가에는 미래가 없지요. 장기적으로 투자를 지양할 생각입니다."

"허억!"

심지어 투자까지 부정적으로 본다.

실패를 모른다는 미다스가 가치가 없다고 판단하고 투자를 철회하고 그게 국회의원들의 책임이라고 하면 그 이후에 벌어질 일은 뻔하다.

'최악의 경우 경제 위기가 올 수도 있어.'

농담이 아니다.

미다스가 작심하고 조이면 그럴 수도 있다.

물론 그 정도까지 가지는 않겠지만.

'이런 염병할.'

미다스와 마이스터는 자기 사람을 엄청나게 챙긴다.

지금까지 자기 사람들을 건드린 자들을 가만둔 적이 없었다.

'그러고 보니······.'

눈앞에 있는 이 사람, 마이스터의 한국 대리인.

그에게 일부 국회의원이 무리하게 정치자금을 요구했을 때 마이스터의 대응은 간단했다.

그 지역 내에 주소를 두고 있는 모든 기업을 작살내겠다고 덤빈 것이다.

당연하게도 모든 사업자들이 주소를 옮겼다.

장사를 하는 사람 입장에서는 별 차이가 없을지 모르지만 지역 입장에서는 그 지역의 지방 세금이 다른 지역으로 넘어가는 바람에 제대로 지역을 운영하지도 못했다.

그 때문에 그 당시 국회의원들은 다음 선거에서 공천은커녕 당사에 들어가 보지도 못했다.

"알겠습니다. 이건 오해가 있는 것 같으니 저희가 해결하겠습니다."

"아니, 그러실 필요 없습니다. 해결은 저희가 할 테니까요."

노형진은 실실 웃으며 말했지만 당직자 입장에서는 그게 더 무서웠다.

아무리 작은 정당이라고 하지만 당 하나를 통째로 날려 버린 사건은 모르는 사람이 없으니까.

'젠장. 어쩌다 이런 일이.'

당직자는 머리가 깨지는 느낌이었다.

세상에는 적으로 만들면 안 되는 사람이 있기 마련이다.

국회의원 하나만 적으로 만들어도 인생이 피곤한데, 마이스터라니.

"이 문제는 위와 상의해 봐야겠습니다."

"얼마든지요."

노형진은 어깨를 으쓱했다.

그가 자신을 설득할 거라는 생각도 하지 않았다.

'어차피 그가 가진 권한은 거기까지일 테니까.'

그가 가진 권한은 해결이 아니라 의견 청취일 뿐이다.

"그러면 저는 이만."

당직자는 다급하게 돌아갔고, 노형진은 그가 나가는 걸 보다가 피식 웃으며 전화를 들었다.

"지금 나갔습니다."

전화기 너머에서 성진욱의 긴 한숨이 들려왔다.

—이렇게까지 해야 하는 건지 모르겠습니다.

"이렇게 해야 합니다. 대한민국 정치를 바꾸고 싶다면서요?"

—그건 그렇지요.

"국회의원이 되어야 바꿀 수 있는 건 아닙니다."

아니, 현 상황에서 저들은 어쩔 수 없이 성진욱에게 자리를 줘야 한다.

그러지 않으면 계속 적대적 전략으로 나갈 테니까.

물론 상대방에게 돈이 없다면 그런 행동은 걱정하지 않아도 된다.

하지만 상대방은 마이스터다.

그 정도 돈은 돈으로 보지도 않는 집단.

최소의 돈으로 최고의 효율을 만들어 내는 집단이기도 하다.

"어차피 저쪽은 이번에 사건을 무마하고 끝내려고 할 겁니다."

ㅡ그렇겠지요.

경기도당 위원장이 잠깐 뒤로 물러나겠지만 결국 그는 다시 돌아온다.

끼리끼리 뭉치는 힘은 생각보다 강하니까.

"확실하게 처리하지 않으면 두 번 세 번 당할 거라는 건 아실 텐데요? 물론 원하신다면 여기까지만 하겠습니다만."

지금 멈춘다고 해도 청년 대표의 자리는 확실하게 성진욱의 차지가 된다.

아마도 다음 선거 때에는 그에게 비례대표 자리가 돌아갈 것이다.

그리고 그걸 알기에 성진욱은 침묵을 지켰다.

하지만 이내 뭔가 결심한 듯 확고한 말투로 대답을 이어 갔다.

-아닙니다. 끝까지 가지요. 노 변호사님 말씀이 맞습니다. 제가 정치를 하고 싶었던 건 세상을 바꾸고 싶어서지, 제 가슴에 금배지를 달고 싶어서가 아니었으니까요.

저들이 가장 무서워하는 힘을 손에 넣었다.

그리고 그건 어떻게 보면 국회의원을 통제할 수 있는 가장 확실한 힘이다.

-국회의원이 되는 건 추후 문제입니다. 저는 이 길을 가고 싶습니다.

'그래, 이래야 정상이지.'

그렇지 않다면 자신이 그를 밀어줄 이유가 없으니까.

"좋습니다. 그러면 다음 작전을 시작하세요. 후후후."

⚖️

쾅!

테이블이 부서져라 내려치는 국회의원들.

"지금 장난합니까? 이게 좋은 게 좋은 거라고 넘어갈 수 있는 상황입니까!"

"아니, 의원님, 이건 모두를 위해서……."

"모두? 모두? 그 모두가 당신 가족이 전부입니까?"

국회의원들에게 날벼락이 떨어지게 만든 남진원은 진땀을 흘렸다.

"그쪽은 금방 조용해질 겁니다. 그러니까……."

"개소리하지 말아요! 상대방은 마이스터입니다! 마이스터!"

한번 물었다 하면 상대방이 걸레짝이 될 때까지 절대로 놔 주지 않는 집단. 그게 마이스터다.

"하지만 이런 작은 것까지 끌려다닐 수는 없지 않습니까?"

남진원은 아무래도 자신이 사과하는 걸로 사태가 해결되지 않을 듯하자 슬쩍 방향을 바꿨다.

그는 정치계에서 오랜 시간 있었기에 누구보다 정치인들에 대해 잘 알았으니까.

"고작 지역 청년 대표 자리일 뿐입니다. 그런데 그걸 가지고 저쪽에서 자기 사람을 안 꽂았다고 이렇게 압력을 행사하면 나중에 더 높은 자리, 가령 공천 같은 것에 얼마나 큰 압력을 행사하겠습니까?"

"그건……."

"물론 제 아들이 그 자리에 들어온 건 사실입니다. 하지만 저는 어디까지나 구국의 사명과 나라와 당을 위해 한 줌 사심 없이 일을 처리했습니다. 다들 아시지 않습니까?"

"……."

그 말에 모두 서로 눈치를 봤다.

그의 말이 맞아서? 아니다.

그가 자기 힘으로 아들에게 자리를 승계해 주려고 했던 것처럼 그들 역시 마찬가지였기 때문이다.

그나마 양심적인 사람은 자녀들에게 정치 수업을 듣게 했지만, 비양심적인 사람은 자녀들을 보좌관으로 쓰기도 했다.

아니, 그 정도는 약과였다.

"크험……."

국회의원들은 다들 슬쩍 고개를 돌렸다.

"지금 중요한 건 그들이 우리를 위협한다는 겁니다. 지금까지 우리 당에서 얼마나 그들을 봐줬습니까? 그런데 이렇게까지 기어오르는데 우리가 그냥 고개를 숙이고 들어갈 수는 없지 않겠습니까?"

"그건 그런데……."

"이참에 우리 힘을 보여 줘야 합니다."

"하지만 무슨 수로?"

"성진욱 그 인간, 성추행범으로 현재 조사 중입니다."

"성추행?"

"네."

다들 눈을 찌푸렸다.

사람들이 잘 몰라서 그렇지 대한민국에서 여성계의 힘은 어마어마하다.

성진욱 같은 사람이 성추행으로 몰려 버리면 사회적으로 매장당하는 건 순식간이다.

"같은 일을 하지 못하게 철저하게 밟아 버리죠. 성추행범이 다시는 고개를 못 들고 다니게 말입니다."

"하지만······."

"하지만이 아닙니다. 아무리 마이스터에서 지원한다고 해도, 이 정도 일에 총력전을 하겠습니까?"

"그건 그렇지."

지금까지 마이스터에서 투자한 건 총력전은 아니다.

상식적으로 이 정도의 일에 총력전을 벌이는 조직은 없다.

엄밀하게 말하면 사원도 아닌데 누가 그를 위해 싸워 주겠는가?

"그러니까 이참에 그를 제대로 밟아 버리면 됩니다. 그러고 난 후에는 마이스터도 어쩔 수 없을 겁니다."

만일 그를 도와주려고 하면 한국의 여자들을 모조리 적으로 돌리는 셈이 된다. 그러니 총력전은 불가능하다.

"그러려나?"

국회의원들은 솔깃했다.

사실 그들로서는 지금 상황이 불편할 수밖에 없다.

자기들의 권력에 정면으로 덤벼드는 조직의 태동인 셈이니까.

"네. 압력을 행사해서 실형을 때려 버리지요."

성추행으로 실형이 나오는 경우는 드물다.

하지만 못 나올 건 없고, 실형이 나오면 정치적으로는 사망선고나 마찬가지다.

"그렇게 되면 마이스터는 닭 쫓던 개 신세가 될 겁니다."

국회의원들은 귀가 솔깃해져서 흔들리기 시작했다.

"구속영장이라……."

노형진은 씁쓸한 표정으로 중얼거렸다.

성진욱에게 구속영장이 나왔다.

사실 지금 구속영장이 나온다는 건 말이 안 된다.

이미 1심 재판이 상당 부분 진행된 상황이고 도주하려고
했다면 벌써 도주했어야 정상이니까.

"노 변호사님 말씀이 맞네요."

담당 변호사 자격으로 찾아온 노형진에게 성진욱은 씁쓸
하게 말했다.

"구속영장이 나올 거라더니."

"기득권의 문제니까요."

만일 여기서 성진욱을 놔두면 기득권이 넘어가는 걸 정치
인들이 가만히 보고만 있는 꼴이 된다.

더군다나 성진욱의 방식을 다른 사람이 쓰기 시작하면 곤
란해지는 것은 정치인들이다.

당연하게도 그들은 어떻게 해서든 성진욱을 막아야 한다.

"이대로라면 무난하게 실형이 나오겠죠?"

"무난하게 나올 겁니다."

분명 심각한 상황이다.

　하지만 그럼에도 불구하고 노형진과 성진욱은 느긋하기만
했다.

　이 모든 게 계획대로니까.

　"남진원은 이런 식으로 여러 사람을 날렸을 겁니다. 아주
능숙해요."

　문제는 그걸 뒤집을 방법이 없다는 거다.

　한국에서 대부분의 성범죄 처리는 증언에 강력하게 기대
고 있기 때문이다.

　"반대로 말하면 증언이 없으면 처벌하지 못한다는 말이기
도 하지요."

　"하지만 지금까지 한 증언이 있지 않습니까?"

　"그 부분이 문제지요."

　지금까지 이루어진 증언이 이미 있다.

　"성범죄에서 중요한 건 단순히 증언이 아닙니다. 증언의
신빙성이지요. 정확성이라고 해야 하나요?"

　실제로 많은 사건들에서 무죄가 나오는 이유가, 상황에 대
해 계속 말이 바뀌기 때문이다.

　"그리고 그걸 뽑아내는 건 어려운 일이 아니지요. 상대방
을 흔들기만 한다면 말이지요."

　노형진은 어깨를 으쓱했다.

　"그리고 그 준비는 모두 끝났습니다. 저쪽에서는 아마 성

진욱 씨의 입을 제대로 막았다고 생각할 겁니다."

노형진은 씩 웃으며 말했다.

"우리는 어디로 가든 서울만 가면 된다는 걸 그들은 모를 겁니다, 후후후."

"알겠습니다."

성진욱은 고개를 끄덕거렸다.

이제 모든 준비는 끝났고 카드는 노형진이 쥐고 있다.

"과연 인생을 건 거짓말이 어디까지 버틸 수 있을지 궁금하네요, 후후후."

얼마 후 성진욱은 기자회견을 자청했다.

정확하게는 성진욱이 아니라 노형진이었지만.

─이번 사건은 대한민국의 정당인 민주수호당이 자신의 이권을 위해 정치적으로 만들어 낸 사건입니다. 그들은 미래에 정치적 라이벌이라 판단되는 성진욱 씨를 배제하기 위해 고의적으로 성추행 사건을 만들어 냈습니다. 그리고 이미 1심 재판이 진행 중임에도 불구하고 무리하게 구속영장을 집행하도록 사법부에 압력을 행사했습니다. 이는 대한민국 국회가 자신의 이권을 위해 국민들에게 죄를 만들어 뒤집어씌우는 극악한 행동을 한 것입니다. 실질적으로 민주주

의가 붕괴되었다는 가장 강력한 증거입니다.

　노형진의 기자회견을 보고 민주수호당 당직자들은 다급하게 모여들었다.
　"이거 뭐야? 저 새끼 미친 거 아냐?"
　"아니, 의뢰인이 성추행했다고 저렇게 당당하게 말하는 거야?"
　보통 성추행 사건에 연루되면 그 사실을 감추거나 축소하려고 노력한다.
　애초에 기자들도, 정치인도 아닌 일반인이 연관된 성추행 사건에는 그다지 관심도 없고 말이다.
　그런데 노형진은 그 상식을 깨고는 아주 대놓고 터트렸다.
　만일 이게 진행되면 성진욱의 미래는 박살 나는 것이나 마찬가지인데 말이다.
　"저 새끼 저거 제정신이야?"
　결국 민주수호당의 당 대표는 버럭 소리를 지를 수밖에 없었다.
　"이봐요, 송 의원! 휘하의 변호사 하나 통제 못합니까?"
　오밤중에 갑자기 불려 나온 송정한은 기가 막혔다.
　자신과 전혀 상관없는 사건에 부르더니 엉뚱하게 자기를 탓하다니.
　"저랑은 전혀 상관없습니다."

"뭐요?"

"국회의원 겸직금지 조항이 있지 않습니까? 전 이제 새론의 대표도 아닙니다. 더군다나 변호사는 법적으로 개개인의 신분이 보장됩니다."

사람들은 변호사들의 세계에도 당연히 위와 아래가 있는 줄 안다.

물론 현실적으로는 그게 사실이다.

하지만 법적으로 보면 로펌에 속한 변호사들에게 계급이란 없다.

정확하게 표현하면 모든 변호사는 평등하게 협력자 관계로 그 안에 들어가는 형태로 로펌이 만들어진다.

그렇기에 변호사가 그 로펌에서 나간다고 해도 그에게 퇴직금같이 노동자에 준하는 대우는 해 주지 못한다.

"지금 그걸 말이라고!"

"송 의원! 지금 장난해요?"

"아니, 누가 그걸 몰라서 그래?"

물론 대부분의 국회의원들이 국회의원의 겸직금지 조항을 모르지는 않는다.

하지만 대부분 그들은 그냥 명의만 내려 두고 그 자리를 유지한다.

애초에 국회의원들이 법을 안 지키는 셈이다.

"저는 본래 변호사였습니다. 그래서 규정대로 하는 겁니다."

송정한은 단호하게 잘랐다.

어차피 그 역시 이들과 친하게 지내려고 들어온 게 아니다.

주류가 아닌 비주류에 속하는 그이다 보니 아무래도 거리가 있을 수밖에 없다.

"당신 말이야! 그러고도 다음 공천 기대할 수 있을 것 같아!"

"저는 상관없습니다만."

이미 노형진에게서 모든 계획을 들은 후라 그는 어깨를 으쓱할 뿐이었다.

공천 안 해 주면 무소속으로 나가서 하면 되는 거다.

"뭔가 착각하시나 본데, 국회의원은 국민들이 뽑아 주는 거지 당에서 내려보내는 게 아닙니다."

"뭐라고! 저……!"

당 대표는 분노로 얼굴이 붉어졌다.

"당장 나가! 다시는 여기에 얼굴도 들이밀지 마!"

"원하신다면."

송정한은 인사도 하지 않고 그곳에서 나왔다.

'더러운 줄은 알고 들어왔지만 너무 심하잖아.'

사실 이렇게 일이 커진 것은 당에서 부패를 제대로 정리하지 않았기 때문이다.

만일 당에서 경기도당 위원장을 자르고 그 아들 역시 정리했다면 이 지경까지 오지는 않았을 것이다.

'목에 칼이 들어와야 정신 차리지.'

그는 긴 한숨을 쉬면서 그곳을 나왔다.

그리고 대놓고 보라는 듯 전화를 걸었다.

"어, 노 변호사? 나일세. 나 신경 쓰지 말고 제대로 일해봐. 변호사는 변호사고 국회의원은 국회의원이야. 서로 할 수 있는 일을 해야지. 그래, 자네를 믿네."

그렇게 전화를 마치고 나오면서 그는 피식 웃었다.

'과연 당신들 철 밥통이 얼마나 갈지 두고 보자고.'

쫄리면 돼지시든가

노형진은 국회의원들과 싸웠다.

아니, 싸우려고 했다.

하지만 그렇다고 해서 노리는 게 그들인 것은 아니었다.

"국회의원들은 공격이 자신들을 향할 거라고 생각할 겁니다."

로버트를 보면서 노형진은 피식 웃었다.

로버트는 미국에서 노형진의 부탁대로 기자들을 데리고

왔다.

"기자들을 데리고 왔습니다만 이게 무슨 소용이 있는지 모르겠습니다. 저쪽에서 계속 거짓말을 할 텐데요."

"뭐, 마음대로 하라고 하세요. 중요한 건 진실이 아니니까요."

노형진은 로버트가 데리고 온 기자들을 바라보면서 피식

웃었다.

"중요한 건 그림이죠. 사람들 눈에 상황이 말도 안 된다고 보이도록 하는 겁니다."

성진욱에 관련된 기자회견 이후에 인터넷은 난리가 났다.

민주수호당 지지자들은 말도 안 되는 소리라고 일축하고 있지만 반대파는 그럴 줄 알았다는 듯 연일 성진욱을 옹호하고 있었다.

"현실적으로 대한민국은 현재 성진욱이라는 존재로 인해 양분된 상황입니다. 국회의원에게 제일 중요한 게 뭐죠?"

"지명도지요. 확실히 이번 사건으로 성진욱 씨는 지명도는 확실하게 얻었겠군요. 다만 그 이후가 문제지만."

만일 여기서 지면 성진욱은 인생이 끝장난다.

범죄자로서 전과를 달면 몇 년간 피선거권이 박탈된다.

당연히 그때쯤이면 모두에게서 잊히게 된다.

설사 기억을 한다고 해도 그는 그저 성범죄자일 뿐 정치 쪽과는 전혀 관련이 없는 사람이 된다.

"원래 그런 게 노이즈 마케팅의 위험한 부분입니다."

이슈를 끌고 그걸 무마하지 못하면 노이즈 마케팅은 실패한다.

실제로 많은 광고인들이 그런 실수를 저지른다.

이렇게 하면 이슈가 된다고 생각하는 거다.

문제는 그걸 수습할 방법을 찾지 못한다는 것이고.

대표적인 광고가 군대에 가는 남자를 조롱하거나, 남친이 차가 없다고 거지 취급을 하거나, 남편이 죽었는데 그 보험 금으로 호의호식하거나 하는 것들이다.

이슈는 만들었지만 그걸 좋은 쪽으로 돌릴 방법은 전혀 생각하지 않았던 것이다.

"하지만 전 그걸 뒤집을 수 있죠."

노형진은 그 기자들을 데리고 어디론가 향했다.

많은 사람들이 모여 있는 것이 보였다.

"저들은?"

"기자들입니다. 일부는 가짜 기자들이지만요."

"가짜요?"

"네, 저는 지금부터 그 피해자들에게 압력을 행사할 겁니다."

이미 성진욱이 억울한 누명을 썼다는 걸 노형진은 안다.

그의 기억을 읽었기 때문이다.

만일 그런 확신이 없었다면 이런 어마어마한 짓은 하지 못했을 것이다.

"대부분의 무고 가해자들은 사건이 커지는 걸 무서워합니다."

일이 커질수록 사람들의 시선이 쏠리고, 그러다 보면 거짓 말이 드러나기 때문이다.

"그래서 무고를 할 때의 철칙은 그 사건을 절대로 키우지 말라는 거죠."

해당 여자들이 어떤 이유로 무고를 했는지 알 수는 없다.

돈을 받았을 수도 있고 아니면 남석균과 친밀한 관계일 수도 있다.

중요한 건 일단 무고를 한 이상, 그들은 이 사건의 핵심에 있다는 거다.

"그리고 관심이 집중되면 그들은 아마 당황해서 어쩔 줄 몰라 할 겁니다."

"그런데 외국 기자들은 왜 데리고 온 겁니까?"

숙박비에서부터 체류비까지 모두 마이스터에서 감당하는 조건으로 초청한 기자들.

물론 한국의 정당이 미래의 정치인들에게 누명을 씌우는 게 상당히 관심이 가는 기삿거리이기는 하지만 이렇게 대단위로 기자들을 데리고 올 이유는 없다.

"아까도 말씀드렸다시피 규모가 클수록 겁은 더 커지기 마련이거든요, 후후후."

"어…… 어떻게!"

가해자 중 한 명인 서보람은 어쩔 줄 몰라 했다.

자신의 아파트 1층에 죽치고 있는 수십 명의 기자들.

그들은 카메라를 설치하고 입구만 지키고 있었다.

"지금 기자들이 날 기다리고 있다고!"

-야! 미쳤어? 전화하지 말라고 했잖아!

　남석균은 자신에게 전화를 한 서보람에게 기겁을 하면서
외쳤다.

　-우리 아는 사이 아니라고 못 박아 놔야 한다는 소리 못
들었어?

　"지금 그게 중요해! 기자들이라고, 기자들! 수십 명이야!
지하 엘리베이터 입구까지 막고 있다고!"

　-그냥 집에 처박혀 있어!

　"그게 문제가 아니잖아!"

　적당한 돈을 받고 위증을 해 줄 때는 문제가 될 게 없다고
생각했다.

　하지만 기자들이 몰려오기 시작하자 그녀는 덜컥 겁이 났다.

　"이대로 내 얼굴이 팔리면 어떡해!"

　-그걸 내가 왜 책임을 져?

　"뭐?"

　-이런 거 감당하라고 돈 준 거 아냐! 도망을 가든 아니면
집에 처박혀 있든, 좀 조용히 있어! 어차피 그 새끼는 얼마
후면 처벌받아! 그리고 문제 될 거 없으니까 씨발, 그 입 좀
닥치고 있으라고!

　남석균의 말에 서보람은 입을 쩍 벌렸다.

　지금 그 남자의 인생이 문제가 아니다. 자기 인생이 위험
해졌는데 입 닥치고 있으라니.

"지금 그걸 말이라고 해? 엄마가 뭐라고 하는지 알아?"

친척뿐만 아니라 주변에 아는 사람에게서 모조리 전화가 오고 있는 상황이다.

지금도 미친 듯이 울리는 전화기 때문에 자기 전화기는 꺼 두고 부모님의 전화기를 빌려서 통화하는 중이었다.

"당장 눈앞에 있는 기자들이 나에게 캐물으려고 하는데!"

그들은 자신뿐만 아니라 가족들까지 알아보고 성추행에 대해 물어뜯고 있었다.

ㅡ아, 몰라! 제발 입 좀 닥쳐! 이쪽도 시끄러워 죽겠다고!

그리고 끊어지는 전화.

서보람은 그러한 남석균의 행동에 입을 쩍 벌리며 멍하니 전화기만 바라보았다.

"오늘 밤에 지하 2층 주차장 입구는 비우세요."

노형진은 기자들을 보며 말했다.

"분명 그들은 도망갈 방법을 찾고 있을 겁니다."

"확실한 겁니까? 이 사건에 관련해서 여자가 거짓말을 했다고 확신하시는 건가요?"

외국 기자 한 명이 걱정스럽게 말했다.

자신이 취재를 하러 왔지만 확신을 가지는 게 너무 위험한 상황이기 때문이다.

노형진은 그런 기자에게 반대로 물었다.

"기자님, 이런 성추행 취재 몇 번 해 보셨나요?"

"여러 번 해 봤지요."

"그럼 그들이 공통적으로 보이는 행동이 뭔지 기억하시나요?"

"당연히 억울함과 복수심…… 아!"

기자는 노형진이 하는 말이 뭔지 바로 알아들었다.

"확실히 다르네요."

성추행은 범죄다.

누군가는 그저 살짝 만진 거 가지고 뭘 그러냐고 할지도 모르지만, 여자의 인격을 완전히 무시하고 여성이라는 존재의 자존감을 무너트리는, 생각보다 심각한 범죄다.

그리고 그러한 범죄의 피해자들은 그 가해자들에 대해 상당한 분노를 보인다. 당연히 자신의 무너진 자존감에 대해 상당히 억울한 감정을 드러낸다.

"고발을 진행한 피해자가, 기자가 찾아왔는데 기자회견을 거절하는 경우 보셨습니까?"

"없군요."

고소를 했다는 것. 그건 상대방에게 복수를 하고자 하는 마음에서 하는 일이다.

그래서 고소까지 진행된 사건의 피해자들은 기자들이 찾아가면 언제든 이야기를 하려 든다. 형사적 처벌도 처벌이지만 사회적으로 상대방을 말살시키고 싶어 하니까.

"그러면 저들이 보이는 형태는 어떤가요?"

"범죄자들과 비슷하네요."

기자들이 와도 접촉하지 않고 수사 중이라는 말만 하며 절대 사건에 대해 이야기하지 않는다.

일반적인 피해자의 감성은 아니다.

"무슨 뜻인지 알겠습니다. 그런데 왜 자리를 비켜 달라고 하신 거죠?"

"그들이 도망치면, 그들은 확실하게 뭔가 감추고 있다는 뜻이 되는 거니까요."

야반도주라는 것은 마음속으로 걸리는 게 있으니 하는 거다.

"그리고 그게 확실한 증거가 될 겁니다."

노형진의 말에 기자들은 고개를 끄덕거렸다.

"하지만 그렇게 하면 취재를 못 하는데요."

"걱정하지 마세요. 취재는 확실하게 할 수 있게 해 드릴 테니까요."

그들이 아무리 도망쳐도 결국은 부처님 손바닥 안이라는 걸, 노형진은 그들에게 알려 주고 싶었다.

⚖️

노형진이 그들이 도망가게 한 건 기자들을 심적으로 이쪽으로 넘어오게 하기 위해서였다.

물론 그것만 있는 것은 아니었다.

실질적인 이유, 그러니까 재판에서 이기기 위해 그러한 행동이 필요했다.

"친애하는 재판장님, 피고인 성진욱 씨는 이번 사건과 관련해서 무죄를 주장합니다."

노형진은 재판정에 서서 변론을 시작했다.

그리고 재판이 진행되자 가장 곤란한 것은 다름 아닌 검사였다.

"피고인이 저질렀다는 범죄에 관하여 검찰은 어떠한 증거도 제출하지 않았습니다."

"재판장님, 대부분의 성범죄는 확실한 증거가 없어서 증인의 증언에 기대고 있다는 점을 양해하여 주시기 바랍니다."

검사는 말을 하면서도 당황하는 눈치였다.

그럴 수밖에 없었다.

"그 부분은 저 역시 인정합니다. 그래서 증언을 확실하게 듣고자 했습니다만?"

노형진은 슬쩍 증인석을 바라보았다.

"그래서 증인은 어디 있습니까?"

"크흠……."

검사는 아무런 말도 못 했다.

어디에 가 있는지 모르니까.

"분명 오늘이 재판일이라는 사실을 고지한 것으로 알고 있습니다만?"

기자들 때문에 그들은 어디 갈 수가 없다.

그리고 이 모든 통지는 우편으로, 그것도 등기로 보내진다.

당연히 법원 우편물은 당사자가 아니면 수령할 수 없다.

"직접 통지를 받았음에도 불구하고 재판정에 나오지 않았습니다. 이게 뭘 의미할까요?"

성범죄 처리 규칙에서 제일 중요한 건 진술의 일관성이다.

그래서 관련 사건에서 가장 많이 나오는 말이 바로 '진술에 일관성이 있으며'라는 말이다.

"하지만 추가 진술을 해야 하는 분들이 오지 않으셨네요. 재판장님, 이러면 상황이 어떻게 되는 걸까요?"

경찰에서 진술을 하더라도 그게 100% 인정되는 건 아니다.

그 진술이야 고발성이고, 그 고발의 정확성을 법정에서 따져야 한다.

"검사 측, 증인이 오기는 오는 겁니까?"

판사도 미심쩍은 얼굴로 검사를 바라보았다.

"전화를 해 봤습니다만……."

검사도 입술이 바짝바짝 말랐다.

아무리 전화해도 전화를 받지 않았기 때문이다.

당연하다. 전화기는 이미 꺼둔 지 오래이니까.

'이건 계획에 없었는데.'

당에서 사건을 크게 키우고 그냥 묻어 버리라고 했을 때만 해도 그는 어렵지 않은 일이라고 생각했다.

판사까지 이미 다 이야기가 되어 있다고 들었으니까.

하지만 아무리 판사라고 할지라도 고발자가 의심스러운 상황에서 도주를 했다면 실형을 내릴 수가 없다.

"재판장님, 현 상황에서 저희는 고소인의 진의를 의심할 수밖에 없습니다."

"하지만 현장에서 이미 피해자들이 한 증언이 있습니다, 재판장님!"

"그건 저도 압니다. 하지만 해당 진술은 말 그대로 진술일 뿐입니다. 그 사건과 관련해서 어떠한 검증도 거치지 않은 진술이고, 그것도 1회에 한합니다. 재판장님, 이러한 성범죄 사건에서 왜 고소인의 일관된 진술을 중요시하는지 아실 겁니다. 진술은 진술일 뿐 증언으로써 효력이 없습니다."

증언으로써 효력이 있기 위해서는 증인석에 올라가서 선서를 하고 제대로 이야기를 해야 한다.

실제로 증언을 하더라도 법원에서 선서를 하지 않고 한 진술은 위증죄로 처벌받지 않는다.

증언으로써의 효력이 없기 때문이다.

"정상적인 경우라면 당연히 고소인이 나와 피고인의 범죄에 대해 증언을 해야 합니다. 하지만 고소인들은 그러한 중요한 재판에 출석조차도 하지 않았습니다. 이런 경우 본 피고인 측은, 고소인들의 진위를 의심할 수밖에 없습니다."

노형진의 말에 검사는 입을 다물었다.

실제로 이런 경우는 답이 나와 있으니까.

무조건 무죄가 뜰 수밖에 없다.

"일단 증인이 출석하지 않은 관계로 추후 기일을 다시 잡도록 하겠습니다."

판사 입장에서는 그 정도가 최선이었고, 노형진은 그런 판사를 보면서 살짝 미소를 지었다.

"저곳에서 못 나오고 있단 말이지요?"

"네, 들어가서 꼼짝도 안 합니다."

지방에 있는 작은 펜션. 그곳에 들어간 서보람은 바깥으로 나오지도 못한 채 그 안에서 꼼짝도 못 하고 있었다.

입구에 기자들이 아예 죽치고 있으니 그녀 입장에서는 방법이 없을 것이다.

'아마 죽고 싶은 기분이겠군.'

아무리 저 안에 있다고 해도 인터넷은 될 것이다.

그러니 지금 상황이 어떻게 돌아가는지 모르지는 않을 터.

"그러면 제가 가서 이야기를 해 보죠."

"네? 하지만 문도 안 열어 주는데요."

문이 열리기는커녕 커튼 한번 젖혀진 적 없다.

"방법이 없는 건 아닙니다. 잠깐 침묵을 지켜 주시면 됩니다."

"침묵요?"

노형진은 조용히 하라고 손가락을 입술에 대고는 펜션으로 다가갔다.

"저는 성진욱 씨의 담당 변호사입니다. 이야기를 좀 하고 싶습니다."

"……."

하지만 안쪽에서는 아무런 말도 없었다.

누구도 만나고 싶지 않을 테니까.

하지만 노형진은 그들이 문을 열게 만들 수밖에 없는 마법의 주문을 알고 있었다.

"여기서 문을 열어 주지 않으신다면 저는 사진을 뿌릴 수밖에 없습니다. 진실을 찾기 위해서라도 그 당시 같이 있던 분이나 두 분 중 한 명을 보신 분을 찾아야 합니다. 설마 저희가 두 분 사진을 아직도 확보하지 못했을 거라 생각하시는 건 아니지요?"

"……."

"이미 사진은 확보했습니다. 저희는 마지막으로 기회를 드리는 겁니다. 이대로 공개해서 그날 동선을 찾아볼까요?"

보통 이런 식으로 말한다고 해도 고발을 한 사람은 대부분 문을 열지 않는다. 상대방에게 피해를 주기 위해 작정하고 저지르는 일이니까.

'하지만 그건 어디까지나 정신적으로 안정되어 있을 때의 이야기지.'

지난 며칠간 그들의 이야기가 계속 뉴스에 나오고 기자들이 따라붙었다.

그들은 바깥으로 나가지 못한 채로 기자들에게 쫓겨서 여기까지 왔다.

당연하게도 사회생활은 끝장났다.

'정신적으로 몰아붙이면 대부분 어떻게 해서든 사건을 무마하고 싶어 하지.'

더 이상 일이 커지기 전에 말이다.

"저 지금 입구에 서 있습니다. 딱 30초 드립니다. 다른 분들 없이 저만 들어가겠습니다."

노형진은 그렇게 말하면서 핸드폰을 꺼내서 힐끔 보았다.

그리고 대략 13초쯤 지났을 때 문이 조심스럽게 살짝 열렸다.

"기자는요?"

"저 뒤에 있습니다."

노형진은 눈짓으로 기자들이 있는 곳을 가리켰다.

기자들은 족히 50미터쯤 거리를 두고 옹기종기 모여 있었다.

"이야기를 하시겠습니까?"

"……"

대답 대신에 조용히 열리는 문.

노형진이 안으로 들어가자 문은 잽싸게 닫혔다.

"제대로 이야기하실 기분이 드시나 보군요."

노형진은 살짝 웃으며 말했다.

"우리가 어떻게 하길 바라세요?"

"진실을 말씀해 주시면 됩니다."

"진실요? 무슨 진실요?"

"거짓말을 하시려는 거라면 전 이만 자리에서 일어나지요."

"사…… 사진을 뿌리는 건 불법 아니에요?"

막 자리에서 일어나려고 하던 노형진은 피식 웃었다.

"불법이죠. 하지만 한 사람의 일생을 완전히 망치려고 덤벼든 것만큼이나 불법일까요?"

"……."

"이쪽은 자신의 인생을 지키기 위해서라는 핑계라도 있습니다. 하지만 서보람 씨는요? 무슨 핑계가 있지요?"

"그건……."

없다. 돈 때문에 한 일이다.

"저희는 그날 행동을 증언해 주는 분께 기꺼이 현상금을 드릴 용의도 있습니다."

아예 성진욱과 같은 공간에 있었다면 이런 작전은 생각도 못 했을 것이다.

하지만 성진욱은 그날 집에 있었다고 증언했다.

그리고 성진욱과 두 사람은 생활공간이 겹치지도 않는다.

"그러니 진실을 이야기하신다면 저희가 두 분의 신분을 감추는 데 적극 도움을 드리겠습니다."

"네?"

서보람은 놀라서 눈을 크게 떴다.

"그게…… 가능해요?"

"불가능한 건 아니죠."

애초에 이런 사건은 3개월만 지나면 기자들은 다 잊어버린다. 그 이후에 사건을 터트려 봐야 반향도 별로 없고 말이다.

"그 대신에 두 분이 피신할 시간이 있어야 하겠지만요."

노형진의 말에 서보람의 눈은 격하게 흔들렸다.

"어떻게요?"

"무고죄는 친고죄입니다. 그리고 저희는 아직 무고죄로 고소를 하지 않았죠."

그들이 진술을 해 주고 그걸 검찰에 제시하면 된다.

그리고 그걸 언론에 동시에 터트릴 것이다.

"하지만, 검찰에서 그걸 인정할지……."

"인정할 수밖에 없죠."

당사자가 당하지 않았다고 말하는데 아무리 검찰이 노력해도 그걸 기소할 수는 없다.

민주수호당 입장에서는 미쳐 버릴 노릇이겠지만 말이다.

"취하서가 들어가면 그들이 아무리 노력해도 사건을 키울 수는 없습니다."

"그렇지만······."

서보람은 입술을 깨물었다.

지금 그녀의 가장 큰 문제는 자신의 신상이기 때문이다.

진짜로 성범죄에 당했다면 말도 안 되는 개소리라고 덤비겠지만 자신이 저지른 죄가 있다 보니 그럴 수도 없었다.

"신상이 드러나는 것 때문에 그러시는 거죠?"

"네······."

"당신이 아니라고 하면 이 사건의 핵심이 어디로 넘어갈까요?"

"네?"

"지금 저희는 정치적 탄압으로 이 사건을 몰아가고 있습니다."

그런 상황에서 여자가 갑자기 소를 취하한다? 그러면 언론에서 어떻게 볼지는 뻔하다.

"민주수호당은 이번 정권과 사이가 아주 안 좋지요."

지금도 자유신민당에서 그들을 물어뜯고 있는 상황이다.

다만 말도 안 되는 소리라고 민주수호당에서 강변할 뿐이지.

"그게 현실이 된다면 당신들은 언론의 관심 밖의 대상이 될 뿐이지요."

"······!"

안 그래도 진보와 보수로 싸우고 있는 문제다.

만일 서보람이 여기서 물러나면 결국 남는 건 그 둘이다.

"그리고 기자들은 어디로 갈까요?"

현 정권은 언론을 꽉 쥐고 있다. 심지어 자칭 진보라고 하는 언론사조차도 현 정권을 물고 빠느라 정신이 없다.

"그리고 그 시간이면 당신은 소리 소문 없이 사라질 수 있지요."

길어 봐야 3개월. 그 시간만 피하면 된다.

더군다나 언론에서 그녀들의 신상을 캐려고 할 이유가 없다.

그녀들의 말이 바뀌는 것은 바라지 않을 테니까.

"물론 거절하신다면 저희는 신상을 캐는 방법밖에 없지요."

사실상의 최후통첩.

서보람은 입술을 깨물었다.

"그러면 제가 어떻게 하면 되나요? 지금 제가 거짓말을 다시 해야 하나요?"

"거짓말? 전혀요."

노형진은 어깨를 으쓱했다.

거짓말을 하는 것은 하수다.

"당신은 진실을 말하면 됩니다. 다만 거기에 거짓말이 얼마나 뒤집어씌워질지는, 기자들이 알아서 할 일이지요, 후후후."

그리고 기자들에게 거짓말을 하게 하는 것은 밥 먹는 것보다 쉬운 일이었다.

"이게 뭔 소리야?"

각 언론사로 날아온 한 통의 메일.

요즘 이슈가 되는 성진욱에 관련된 메일이었다.

장난으로 보기에는 그 내용이 너무나 심각했다.

"이거 사실일까요?"

메일 내용 자체는 간단했다.

성진욱을 고소하는 조건으로 남석균에게서 500만 원을 받기로 했다. 그래서 성추행으로 고소했지만 일이 이렇게 커질 줄 몰랐다. 자신은 사죄하는 의미로 이 메일을 모든 언론사에 발송했으며, 자신이 보냈다는 증거로 나흘 뒤에 검찰로 취하서를 발송하겠다.

"이게 사실이라면 어마어마한 일인데."

편집장은 심각한 얼굴로 말했다.

"안 그래도 지금 민주수호당 쪽 정치 새싹 죽이기 아니냐는 소리가 나오는데 말이지."

"진짜로 그럴까요? 설마요."

"설마?"

편집장은 피식 웃었다.

"너는 사회운동 하는 사람들이 그쪽에서 정치인으로 데뷔하는 거 봤냐?"

"네?"

"그 애들 깨끗한 척은 다 하는데 말이지, 결국은 도긴개긴이야. 너 지난번 선거 때 인터넷에서 청년 국회의원 뽑는다고 생쇼 한 거 알지?"

"아! 알죠."

35세 미만 국민을 기준으로 국회의원 후보를 뽑는다고 한 적이 있었다.

"그때 말이야, 처음에 뭐라고 했냐?"

"그때 무조건 1순위…… 아…… 맞네."

그 당시 민주수호당에서는 그렇게 선발된 사람에게는 무조건 비례대표 1순위를 준다고 했다.

"그래서 여럿 지원했잖아. 그런데 그때 어땠는지 아냐?"

선발 기준도 밝히지 않고 심사 위원도 비밀이었다.

총배점이 100점인데 합격자들 중에는 120점짜리도 있었다.

"결국 뽑힌 사람, 자기 라인이었잖아."

원래 그 당에서 정치를 준비하던 보좌관 출신의 정치 지망생이 다른 사람들을 꺾고 그 자리를 차지했다.

그나마도 처음 약속처럼 남녀 각 네 명을 뽑은 게 아니라 남녀 각 한 명씩 뽑았고, 비례대표 자리도 1번과 2번이 아니라 14번 15번에게 줬다.

"그런 자리는 다 내정자가 있단 말이지."

"그러면 이번에 진짜로 위험하다 싶은 사람을 찍어 누른 거군요."

"그래, 맞아."

고개를 끄덕거리는 편집장.

그렇게밖에 볼 수 없다.

"이번 선거도 결국 비례대표 자리를 준다고 하지만 내정된 사람이 있는 거야. 그 뭐냐, 그 경기도당 위원장 아들내미라며?"

"그러면 결국 답은 정해져 있는 거네요?"

"그래. 아마 성진욱 쪽에서 주장하는 게 맞을 거야."

"그러면 이거 그냥 둬야 하나요?"

메일이 왔다.

그냥 두자니, 이건 누가 봐도 핫이슈다.

더군다나 다른 언론사에도 다 보냈다고 하니 잘못하면 기사가 늦어서 욕이란 욕은 다 먹게 생겼다.

하지만 반대로 바로 쓰자니 이게 진짜인지 확실하게 알 수가 없다.

"위험하기는 한데."

편집장은 눈을 찌푸렸다.

하지만 이내 마음을 굳혔다.

"바로 올려."

"에? 사실 확인 없이요?"

"그러다 다른 놈들이 터트리면? 위에서 뭐라 할 것 같냐? 어차피 터트릴 놈은 다 터트려. 늦게 내서 욕먹으면 우리만 욕먹는 거고 다 같이 낚여서 욕먹으면 다 같이 욕먹는 거야. 어느 게 나을 것 같냐?"

"그건 그러네요."

기자는 눈을 반짝였다. 이건 누가 봐도 특종이니까.

나흘 후에 진짜로 소가 취하된다면 초대형 떡밥이 터지는 거고, 그렇지 않다 해도 그냥 잠깐 욕먹고 마는 거다.

"바로 올리겠습니다."

노형진이 나흘이라는 기간을 둔 것은 기자들이 기사화시킬 시간을 벌기 위해서였다.

바로 취하를 하는 건 어려운 일이 아니다.

하지만 그렇게 되면 기자들이 상상력을 발휘할 시간이 없다. 사람은 시간이 남으면 그만큼 상상을 하기 마련이니까.

"아주 난리가 났네."

노형진은 미친 듯이 올라오는 뉴스를 보며 키득키득 웃었다.

"제가 여기에 잡혀 있어야 하는 시간도 얼마 안 남았군요."

현재 구속 상태인 성진욱이지만 취하서가 들어가면 구속을 유지할 이유가 없다.

"네. 누가 봐도 정치적 사건의 희생자가 되는 거니까요."

"그나저나 앞으로 어떻게 해야 할지 모르겠네요. 아니, 제 문제가 아니군요."

그는 씁쓸하게 웃었다.

자신이 여론조사 기관을 만들어서 홍보를 하고 있다고 하지만 그건 어디까지나 잠깐이다.

"노 변호사님이 말씀하지 않으셨습니까? 안으로 들어가야 청소도 할 수 있다고요."

바깥에서 압력을 행사하는 것도 좋은 방법이다.

그런 식으로 타락한 정치인들을 거르는 건 확실히 도움이 된다.

"하지만 내부에 들어가서 하는 것보다 좀 느리기는 하죠."

노형진은 고개를 끄덕거렸다.

"맞습니다. 느리죠. 하지만 제가 안으로 못 들어간다는 소리 한 적이 있던가요?"

"물론 아직 비례대표 문제가 해결이 된 건 아니죠. 뽑으려면 시간이 좀 더 필요하겠지만……."

성진욱은 곤란한 표정으로 말했다.

"하지만 일이 이 지경이 되었는데 과연 민주수호당에서 절 뽑아 줄까요?"

"안 뽑아 주겠지요. 하지만 다른 쪽에서 뽑아 줄 겁니다."

"뽑아 준다고요? 누가요?"

"자유신민당."

"네?"

성진욱은 깜짝 놀랐다.

자신의 성향과 그나마 잘 맞는 게 민주수호당이다.

그런데 자유신민당이라니?

"사람들이 잘못 생각하는 게 있죠. 국회의원은 국민이 뽑아 주는 겁니다. 대한민국 정당이 뽑아 주는 게 아니고."

어느 지역에서 어느 당의 후원을 받으면서 나오면 쉽게 선발되다 보니 어느 순간 '국회의원=정당인'이란 생각을 하지만, 사실 그들은 같은 의미가 아니다.

실제로 무소속으로 뽑혀서 유혹에 굴하지 않고 끝까지 무소속으로 남아 정치 활동을 하는 사람도 없지는 않다.

"성진욱 씨가 들어가려고 하는 곳은 정당이 아니라 국회입니다. 그렇다면 그게 어떤 당이든 상관없지 않나요?"

"그건 맞습니다만 그쪽에서 저한테 기회를 줄까요?"

"줄 수밖에 없을 겁니다. 그래야 저쪽에 치명타를 입힐 수 있을 테니까요."

⚖

정확하게 나흘 후, 실제로 고소가 취하되었다.

지난 나흘간 의심스럽다는 식으로 이야기하던 사람들은 진짜로 소가 취하되자 아예 확정적으로 떠들기 시작했고, 민주수호당은 졸지에 미래의 정치인들을 탄압하는 정당이 되어 버렸다.

노형진이 자유신민당을 찾아간 것은 바로 그때였다.

"그러니까 성진욱을 우리가 받아 주라고?"

"그렇습니다. 저쪽에서는 미래가 없으니까요."

"흠……."

자유신민당의 국회의원은 표정을 살짝 찡그렸다.

"우리가 그래야 할 이유가 있나?"

"안 그러면 성진욱 씨가 다른 여론조사를 할 테니까요."

그는 순간 움찔했다.

그들도 이 일이 터진 이유를 알지 못하는 건 아니다.

"지금 성진욱 씨는 자신의 여론조사 기관을 운영하고 있지요. 특정 지역에서만 말입니다."

반대로 말하면 그 지역에서는 어느 정도 여론을 통제할 수 있다는 소리다.

"젊은 사람들은 인터넷이 이 세상의 전부라고 생각하죠."

하지만 젊은 세대만 그렇지 사실 인터넷과 거리가 있는 삶을 살아가는 이들이 더 많다.

인터넷을 아예 쓰지 않는다는 게 아니라, 정당에 대한 홍보 자체는 인터넷보다는 오프라인으로 이루어지는 경우가 많다.

인터넷은 자신이 자료를 찾아가는 방식으로 운영된다.

반대로 말하면 그 정당의 지지자들은 그 정당의 좋은 이야기만 찾아서 본다는 거다.

"하지만 오프라인 여론조사는 아니죠."

그들이 찾는 게 아니라 사건에 대해 질문을 하고 의견을 구한다.

좋든 싫든 이쪽 정보를 접할 수밖에 없게 된다.

"으음……."

자유신민당의 국회의원은 곤혹스러운 표정이 되었다.

노형진의 말이 맞으니까.

"그리고 지금쯤 아시겠지만, 성진욱 씨의 뒤에는 마이스터가 있지요."

그 말은 이러한 운영 시스템을 어느 곳에든 만드는 건 어려운 일이 아니라는 의미다.

"이거 협박하는 건가?"

"협박이 아니라 같이 살자는 거죠."

"같이 살자는 거라고?"

"그렇습니다. 어차피 저쪽에서 먼저 도발했는데 우리가 그냥 당할 수는 없지 않습니까?"

"흠……."

"그리고 진보의 이미지를 가지고 있는 저쪽에서 탄압한 미래의 정치 지망생, 그를 받아 준다면 자유신민당의 이미지에도 도움이 될 것 같은데요?"

"그건 그런데 말이지."

그는 눈을 데굴데굴 굴렸다.

그럴 수밖에 없는 게 비례대표의 자리는 막대한 돈을 지불하는 사람에게 주는 게 보통이기 때문이다.

"고작 몇억 때문에 강력한 지지를 받을 수 있는 기회를 놓치실 생각입니까?"

"그건 아니지."

그는 결국 노형진의 설득에 넘어왔다.

물론 공짜는 아니었다.

"단, 조건이 있네."

"조건이라 하시면?"

"성진욱이 여론조사를 할 수 있는 주제를 우리가 통제할 것."

"그거야 당연하지요. 어찌 되었건 그쪽 정당인이 될 텐데요. 다 좋은 게 좋은 거 아니겠습니까? 하하하."

노형진의 말에 자유신민당의 국회의원은 승자의 미소를 지었다.

⚖️

"바보라니까."

노형진은 키득거리며 말했다.

"바보요? 하지만 성진욱 씨는 지금 강력한 무기를 잃었습니다."

로버트는 걱정스럽게 말했다.

성진욱의 가장 강력한 무기. 그건 다름 아닌 여론조사 기관이다.

그런데 그걸 자유신민당에서 운영하도록 한다면 그의 존재가 의미가 없어진다.

"아니요. 성진욱 씨는 잃어버린 게 아무것도 없습니다."

"네? 어째서요?"

"국회의원은 겸직금지 조항이 있으니까요."

"아!"

당연히 그가 운영하는 것은 불법이다.

"대부분의 국회의원들은 그걸 지키지 않죠. 그냥 이름만 내리고 운영하는 게 보통이니까 신경도 쓰지 않는 거죠."

하지만 국회의원이 되는 순간 성진욱은 겸직금지 조항에 걸리고, 당연히 그 회사에서 대표 자리를 유지하지 못하게 된다.

"성진욱에게 아무리 뭐라고 한다고 한들 과연 그가 그걸 통제할 수 있을까요? 자기 회사도 아닌데."

엄밀하게 말하면 여론조사 기관은 마이스터의 기관이고 성진욱은 전문 경영인이다.

그러니 그가 나가면 그걸로 끝이다.

"그러면 애초에 그런 요구를 할 거라 예상하신 겁니까?"

"네."

"어떻게요?"

로버트는 깜짝 놀라서 물었다. 그는 전혀 예상하지 못했으니까.

"정치인들을 대상으로 하는 강력한 무기가 생겼습니다. 정상적인 정치인이라면 그걸 통제하고 싶어 하겠지요."

그것만 제대로 쓴다면 상대방 정당인을 날려 버리는 건 일도 아니니까.

하지만 노형진은 그런 조직을 그냥 그들에게 넘겨줄 생각이 없었다. 전국적으로 만들어질 조직들이 특정 정당에게 돌아간다면 한국 정치는 개판이 될 테니까.

⚖️

"이런 미친 새끼야!"
민주수호당의 당 대표는 눈이 돌아갔다.
그의 눈앞에는 신문이 있었다.

미래를 독점하려는 민주수호당을 규탄하며, 저희 자유신민당에서는 그들에게 쫓겨난 성장욱 씨를 다음 선거에서 비례대표 1번으로 하기로 정했습니다.

대한민국은 미래의 후손들에게 빌려서 우리가 쓰는 곳입니다. 자신들의 권력을 위해 미래에게 기회조차 주지 않으려고 하는 민주수호당의 비도덕성을 규탄하며, 저희 자유신민당은 청년 대표들을 적극적으로 밀어주기로 결의했습니다.

자유신민당의 난데없는 발표에 민주수호당은 정신이 아득해졌다. 이건 대놓고 자신들을 엿 먹이겠다는 소리였으니까.

문제는 그게 실제로 효과를 보고 있다는 것이다.

그리고 그 시작점은 다름 아닌 남진원이었다.

"너 이 새끼! 뭐? 그 새끼가 저지른 성추행 사건?"

"아니…… 그게 아니라…… 저는 그냥…….."

남진원은 눈을 데굴데굴 굴렸지만 해결책은 보이지 않았다.

이건 대충 거짓말로 무마할 수 있는 상황이 아니었으니까.

"꺼져! 당장 징계위원회를 소집할 거야! 알았어?"

"아…… 안 됩니다!"

"안 된다고? 허, 지금 네놈 입에서 그따위 소리가 나와? 당장 안 꺼져? 어? 보좌관! 당장 이 새끼 끌어내! 당장!"

"대표님! 대표님!"

보좌관들이 우르르 들어와서 남진원의 팔다리를 들었다.

"놔! 놔! 대표님! 한 번만 기회를 주십시오! 대표님! 대표님!"

"당장 저 새끼를 내 눈에 안 보이는 곳으로 끌어내!"

"대표님!"

그의 절박한 애원은 그저 허공으로 울려 퍼질 뿐이었다.

"저렇게까지 해야 하나요? 이해가 안 가는군요."

성진욱은 자유신민당의 당사 앞을 지나가다가 그 앞에서 무릎을 꿇고 있는 남진원을 보면서 고개를 갸웃했다.

"물론 경기도당 위원장이 분명 좋은 자리이기는 하지만 저렇게까지 하면서 다시 돌아가려고 할 이유는 없을 것 같은데요."

결국 남진원과 남석균의 탈당 조치가 이루어졌다.

고발할 수가 없었기 때문에 그게 끝이었지만, 어째서인지 남진원은 돌아가기 위해 매달리고 있었다.

"인맥 사업의 끝이니까요."

"인맥 사업의 끝요?"

"좋은 게 좋은 거다, 우리가 남이가, 그게 남진원의 모든 것이었거든요."

그는 사업을 한다.

그리고 대부분의 사업은 민주수호당이라는 자리에서 기인한 것이었다.

"그가 차지한 자리는 낮지 않습니다. 당연히 누군가가 뭘 하려고 하면 그가 운영하는 가게로 가려고 합니다. 그게 인맥이죠."

"아……."

성진욱은 그제야 남진원에게 떨어진 실질적인 처벌이 뭔지 알아차렸다.

"하지만 이제 그게 끊어졌죠."

누구도 그의 회사에 오지 않을 것이다.

애초에 하던 거래조차도 끊어지고 있을 게 분명했다.

"그는 망할 수밖에 없습니다. 그는 그걸 알고 있지요. 그래서 돌아가고 싶은 겁니다."

진짜 그 자리가 탐나는 게 아니라, 그 자리에 몰리는 이권이 탐나는 것이다.

"하지만 이제는 늦었군요."

"늦었지요. 좋은 게 좋은 건 서로 좋을 때의 이야기니까요."

하지만 그는 당에 심각한 타격을 입혔고 그 결과는 그의 파멸이었다.

"원래 인맥이라는 게 그런 겁니다. 능력이 없으니 그게 끊어지면 망하는 거죠."

노형진은 피식 웃으며 말했다.

"어떻게 보면 남진원과 남석균에게는 참으로 적절한 처벌 아닌가요?"

"확실히 적절한 처벌이네요."

자신이 추구하던 것에 의해서 버려진 자는 비 오는 거리에서 그저 무릎을 꿇고 멍하니 건물을 바라보고 있을 뿐이었다.

인간은 남을 지배하며 산다

"니미럴!"

오광훈은 이를 빠득빠득 갈았다.

검사로 전생하고 나서 나름 열심히 배웠고 원판이 워낙 머리가 좋은 놈이었기 때문에, 그럭저럭 빠르게 습득할 수 있었다.

그래서 나름 검사로서 이름을 알리며 어려운 일도 해결해 왔다.

지금까지는 말이다.

"또 뒈졌어?"

"네."

"씨발, 장난해?"

오광훈의 눈깔이 뒤집히는 가장 큰 이유.

그건 다름 아닌 그가 힘들게 찾은 증인의 사망 소식 때문이었다.

"벌써 세 번째입니다."

수사관은 눈을 찌푸렸다.

이 사건을 수사하기 위해 그동안 공을 많이 들였다.

그런데 경찰이 사건을 수사하기 시작하고 나서 주요 증인세 명이 차례로 죽었다.

이건 대놓고 살인한 거다.

"주요섭, 이런 개새끼를 봤나?"

오광훈은 손이 부들부들 떨렸다.

이 상태로는 기소는커녕 벌금 딱지 하나 못 보낼 판국이니말이다.

"다른 사람들은?"

"다 입을 다물고 있습니다. 바보가 아닌 이상에야 그럴 겁니다."

"닝기미, 개 같은 자식. 이렇게 나온다 이거지?"

오광훈은 이를 박박 갈았다.

마음 같아서는 당장 패 죽이고 싶었지만 검사로서 그럴 수는 없는 노릇이다.

"이러면 방법이 없다."

"어떻게 하실 생각입니까?"

수사관은 흠칫했다.

당장이라도 달려가서 주요섭을 두들겨 패는 것이 아닌가 하는 걱정이 들었기 때문이다.

"어쩌긴, 우리의 가장 강력한 패를 흔들어야지."

오광훈은 주먹을 불끈 쥐었다.

"저승사자를 불러온다, 씨발."

⚖️

"주요섭? 그게 누군데?"

노형진은 고개를 갸웃했다.

오광훈이 자신에게 사건을 가지고 올 줄은 몰랐다.

보통 자신이 부탁하면 같이 사건을 조사하는 것이 일반적인 경우였으니까.

"쩐주야."

"쩐주?"

"그래. 그, 돈 대 주는 놈들 말이야."

"아니, 쩐주가 뭔지 내가 몰라서 묻는 게 아니잖아."

쩐주란 투자자를 상스럽게 일컫는 말이다.

쉽게 말해서 돈을 대 주고 수익을 얻어 가는 사람이다.

그런데 투자자라고 하지 않고 쩐주라고 하는 이유는, 그 쩐주라는 이의 투자 대상이 대부분 그다지 좋지 않은 곳, 그러니까 합법적인 곳보다 불법적인 곳에 투자하기 때문이다.

"주요섭이라는 놈이 투자하는 곳이 어딘데?"

"도박판."

"도박판?"

"그래, 그것도 아주 큰 규모로 투자를 하지."

노형진은 눈을 찌푸렸다.

한국에서 도박은 불법이다.

물론 강원도 카지노같이 인정받은 곳이 없는 건 아니지만, 그 외의 곳에서 도박판을 벌이는 것은 절대적으로 불법이다.

"그 새끼가 얼마나 크게 투자를 하는데?"

노형진은 고개를 갸웃했다.

얼마나 크게 투자를 하기에 오광훈이 이렇게 게거품을 무나 싶었던 것이다.

그런데 이어지는 말에 노형진은 입을 쩍 벌려야 했다.

"못해도 300억 이상."

"뭐어?"

300억. 절대 적은 돈이 아니다.

그 정도면 우리나라 도박판의 4분의 1 이상은 그가 잡고 있어야 할 거다.

"그런 놈이 있었어?"

"있었지. 닝미기, 그 씹새리를 내가 잡으려고 하는데 위에서 안 도와줘."

"끄응……."

노형진은 자신도 모르게 눈이 찌푸려졌다.

그럴 수밖에 없는 게, 그 정도 돈을 투자하는 놈이라면 위에 뇌물도 당연히 들어갈 게 뻔하기 때문이다.

"그걸 어떻게 안 거야? 혹시 '전부터' 알고 있었냐?"

'전부터'라는 말은 회귀 전을 뜻하는 것이다.

그리고 오광훈은 고개를 끄덕거렸다.

"그래, 그 씹쌔 때문에 내가 더러운 꼴 좀 봤다."

"더러운 꼴?"

"우리 조직원 중에 도박에 미친 놈이 하나 있었거든."

조폭이라는 게 좋은 데서 좋은 걸 보는 놈들이 아니다 보니 그런 놈도 있기 마련이다.

그런데 그 미친놈이 도박에 빠져서 전 재산을 날린 것도 모자라서 조직의 돈에도 손을 대는 실수를 했다.

"그거 되찾으려고 한 거야?"

"그건 얼마 안 되는 돈이었어. 그거 때문에 주요섭 그 새끼랑 싸우고 싶지도 않았고."

"그러면?"

"그 미친 새끼가 지 마누라를 넘겼다."

"아니, 무슨 지금이 일제강점기냐?"

자기 마누라를 넘긴다니, 그런 터무니없는 짓거리는 상상도 못 할 짓이다.

"내가 아무리 바닥으로 떨어져도 못 할 짓을 하지는 않았다."

더군다나 그 마누라라는 존재도 문제였다.

아예 모르는 사이라면 모르겠는데 그 여자는 한때 오광훈과 알고 지내던 사이였다.

정확하게는 오광훈이 관리하던 술집에서 일하던 아가씨였다.

"자기를 데리러 오니까 그 여자가 우리 사무실로 피신했는데, 주요섭 이 씹째끼가 사람을 보냈네?"

"무슨 일이 벌어졌는지 알겠네."

이건 개인적 빚의 문제가 아니라 자존심의 문제다.

여기서 여자를 빼앗기면 조폭으로서 소위 말하는 가오가 안 산다.

거기에다 그 여자는 대놓고 보호를 요청한 상황이었으니 안 지켜 주면 의리고 뭐고 없는 새끼가 되어 버린다.

"그래서 한바탕 드잡이질을 했다. 그 새끼가 운영하던 조직이 있었으니까."

"그래서?"

"못 이기겠더라. 우리는 숫자가 얼마 안 되는데 그 새끼들은 숫자가 더럽게 많아. 눈깔 돌아간 도박 중독자 새끼들도 많고."

차라리 조폭들을 상대하라면 하겠는데 눈깔 돌아간 도박 중독자 새끼들은 답이 없었다.

조폭이 아니라 민간인이라, 손을 대자니 뒷수습이 부담스러웠던 것이다.

하지만 그렇다고 그냥 있자니 이 새끼들은 빚을 탕감해 준다는 조건에 눈이 멀어서 사시미 하나씩 들고 조직원을 쑤시겠다고 덤벼들었던 것.

"그래서 우리가 그거 갚아 주는 조건으로 무마했었다."

"쉽게 말해서 개인적인 원한인 거네."

"무슨 소리야! 나는 어디까지나 사회적인 정의를 위해 일하는 검사야!"

"그리고 원한도 해결할 겸 말이지."

"뭐, 겸사겸사."

"흠…… 그런 놈이라면……. 위험하네."

사람을 끌고 가기 위해 조폭을 동원하고 전국 도박판을 못해도 4분의 1은 지배하는 남자.

"아니, 말이 300억이지 빼앗을 돈을 생각하면 더 되겠네."

투자한 돈은 300억이지만, 도박판은 들어간 돈을 그대로 빼앗는 구조다.

쩐주라는 게 그냥 임대료를 내주는 인간들이 아니다.

도박판에서 돈이 떨어진 도박 중독자에게 즉석에서 고이자로 돈을 빌려주고 회수하는 거다.

대부분의 도박장에서 소위 말하는 선수, 그러니까 사기도박을 하는 놈들이 그 돈을 다시 가지고 가는 걸 생각하면, 투자한 돈이 300억이면 그 녀석이 회수해야 하는 돈은 전국적으로 최소한 열 배, 즉 3천억 이상이라고 봐야 한다.

'최소'가 말이다.

"그래서 그 새끼 족치려고 했거든?"

다른 검사들이 몰라서 수사를 하지 않는 거라면 오광훈이 하면 그만이기에, 오광훈은 당연히 잡을 수 있을 거라 생각했다.

위에서 지랄을 하든 말든 말이다.

"관련자 잡는 건 일도 아니지."

그 새끼들과 칼 들고 드잡이질까지 했었으니 그들에 대해 모를 리 없으니까.

"그런데 그 새끼들이 뒈져 나가고 있어."

"뒈져 나간다니? 죽었다는 거야?"

"그래. 증인이 될 만한 새끼들은 모조리 나자빠졌다. 아니면 실종되거나."

노형진은 눈을 찌푸렸다.

도박장에 어마어마한 돈을 뿌리는 쩐주.

사건 수사가 진행되자 계속 일어나는 사망.

"그놈이 직접 죽이지는 않았을 테고……."

"아무래도 청부 살인하는 것 같아."

노형진은 눈을 찌푸렸다.

청부 살인. 그건 쉽게 해결할 수 있는 게 아니다.

일단 범인을 추적하는 게 힘들다.

청부 살인의 가장 큰 문제는 살인범을 특정하는 것에서부터 발생한다.

아예 관련이 없는 사람이 다른 사람을 죽이는 것이기에 원한이니 뭐니 그런 걸로 주변을 들쑤셔서 찾아낼 수가 없다.

'설사 특정한다고 해도 또 청부한 놈을 찾는 건 전혀 다른 문제지.'

청부 살인을 하는 놈들은 대부분 잡혀도 입을 열지 않는다. 어차피 입을 열건 말건 처벌에는 별 차이가 없기 때문이다.

물론 선처를 받아서 어느 정도 형량을 줄일 수 있다고 하지만……

'청부 살인을 할 정도의 능력을 가진 새끼라면 당연히 다른 청부 살인이 가능하지.'

쉽게 말해서 형량 줄이고 나와 봐야 자기도 다른 청부 살인의 대상이 될 뿐이니 차라리 입 다물고 더 살다가 나와서 두둑하게 자기 몫 챙기는 것이 더 이득이라는 것이다.

"더 지랄 같은 건, 그 사건은 또 나한테 배당이 안 떨어졌어."

"다른 검사한테 갔어?"

"아무래도 살해 현장이 내 관할이 아니거든.."

그래서 묶어서 수사도 못 하고 있다.

물론 이쪽에서 의심스러운 정황 같은 걸 말해 줄 수는 있지만 그건 어디까지나 정황일 뿐 증거는 하나도 없다.

"주요섭 이 씹새끼가 이렇게까지 할 줄은 몰랐다. 지금까지 벌써 세 명이나 죽었어."

"세 명이라……. 그렇게 할 만하지."

노형진은 저절로 긴 한숨이 나왔다.

이건 절대로 만만한 사건이 아니었다.

"어째서?"

"너는 지금 단순히 이놈을 엿 먹이겠다고 생각하고 시작한 모양인데……."

대충 상황이 그려진다.

오광훈은 그냥 회귀 전의 원한으로 '이 새끼, 제대로 엿 한 번 먹어 봐라.' 하고 시작한 수사일 것이다.

"하지만 문제는 이 도박에 의한 채권이야."

"도박에 의한 채권?"

"그래. 그 녀석이 300억쯤 투자했다면 그걸 가지고 채권은 한 열 배쯤 부풀렸겠지. 도박장에서는 그게 어려운 일이 아니니까."

"그래서?"

"그런데 법적으로 도박 채권은 인정 안 돼. 안 되는 정도가 아니라, 도박 채권인 걸 알고 빌려준 거면 아예 받지도 못해."

다른 곳도 아니고 도박장에서 빌려준 돈이면 도박 채권인 걸 알고 줬다는 걸 증명하는 건 쉬운 일이다.

당연히 그 돈을 빌려 간 사람들은 원금조차도 갚을 필요가 없다. 법이 그러니까.

"이게 왜 그런 거냐면, 정부에서 도박을 말려 죽이려고 그런 거거든."

그래야 쩐주들이 사라지고 도박장이 사라지니까.

"그래서 그런 쩐주들은 조폭을 하나씩 끼고 있는 거고."

갚지 않으려고 하면 주먹으로 받아야 하니까.

"그래서?"

"그래서는 무슨 그래서야. 만일 네가 주요섭이라는 그 쩐주를 잡으면 어떻게 되겠어?"

당연히 그와 관련된 모든 채권은 증발하고 조폭들은 사라질 것이다.

그러면 원금 300억과 채권 3천억은 그대로 증발한다.

"주요섭은 졸지에 3,300억을 날리는 거야. 눈깔 안 돌아갈 리가 없지."

그러니 주요섭은 어떻게 해서든 수사를 막아야 한다.

"그런 거였어?"

"설마 그 새끼가 너 무서워서 청부 살해하겠냐? 이런 말 하면 그렇지만, 네가 그 새끼를 잡아들여도 2년 이상 나오기 힘들어."

이런 경우 주요섭 정도로 돈이 있는 놈이라면 당연히 집행유예가 떨어진다.

어쩔 수 없다.

한국은 화이트칼라 범죄에 무척이나 관대하고 로비 역시

어마어마하게 할 테니까.

"하지만 아무리 처벌이 가벼워진다고 해도 최소 3,300억 날리는 건 당연한 거지."

일단 처벌이 떨어졌다는 것 자체가 도박 자금으로 빌려줬다는 걸 인정하는 꼴이니까.

결국 재산을 지키는 가장 좋은 방법은 아예 수사를 받지 않는 거다.

"그런 거였어?"

"너 모르고 시작한 거냐?"

"몰랐지. 난 네 말마따나 그 염병할 새끼 엿이나 좀 먹이려고……."

"끄응……."

아무것도 모르고 시작한 일이기는 하지만 이 일은 절대 작지 않다.

"그나마도 지금 이건 최소한으로 잡은 거야. 빌려준 돈이 거의 대부분의 경우 하루 만에 도박장에서 다시 날려서 원금이 돌아오는 걸 생각하면, 스무 배가 될 수도 있고 서른 배가 될 수도 있어."

"서른 배!"

그 정도면 거의 조 단위의 돈이 된다.

그리고 그 정도 돈이라면 누구라도 사람을 죽이려고 덤벼들 것이다.

"아마 마음 같아서는 널 죽이고 싶겠지만 네가 검사다 보니 손을 대지 못하고 증언을 할 만한 놈들을 대상으로 삼겠지."

아무리 뇌물을 주며 관리한다고 하지만 검사에게 손을 대는 것은 위험한 일이다.

그걸 무마할 정도의 권력이 있으면 모를까, 그랬다가는 돈을 받고 모른 척해 주던 검사들이 가만히 있지 않는다.

검사를 죽인다는 것은, 일이 틀어지면 관리하던 검사도 죽일 수 있다는 의미가 되기 때문이다.

"어쩐지 이상하다 싶었어. 그 새끼가 왜 그렇게 독하게 구나 싶었네."

"이건 뭐 소가 뒷걸음질하다가 쥐 잡는 것도 아니고."

오광훈이 원한을 가지고 시작한 일이기는 하지만 확실히 사회적으로 보면 이건 심각한 문제다.

안 그래도 도박은 사회를 좀먹는데 이 정도 규모의 쩐주라면 더더욱 위험해진다.

"이건 청부 살인뿐 아니라 다른 것도 확인해 봐야겠어."

"다른 거 뭐?"

"이럴 때 살인하는 놈이 돈 못 갚는 사람을 그냥 놔둘 것 같지는 않거든."

"아……."

아마도 다른 살인이 있을 가능성이 아주 높았다.

"그리고 그걸 확인해 줄 사람이 필요하겠어."

노형진은 눈앞에 있는 사건 기록을 보면서 책상을 손끝으로 톡톡 두들기며 말했다.

"아주 잘 아는 사람으로 말이야."

"이건 살인 사건의 가해자가 전혀 다른 사람이에요."

김소라의 말에 오광훈은 눈을 크게 떴다.

"네? 그게 무슨 말입니까? 다른 사람이라니요?"

"총 세 건의 살인. 그중에서 두 건은 근접 살해하고 한 건은 자동차를 이용한 살인이네요."

김소라는 오광훈이 가지고 온 사진을 분석해서 가해자를 특정해 달라는 부탁을 받고 조사를 시작했다.

그런데 노형진과 오광훈의 생각과 다르게 가해자가 여럿이라는 의견을 내놓았다.

"한 명이 아니라고요? 특이하군요."

노형진은 묘하다는 듯 말했다.

일반적으로 이런 더러운 일을 하는 사람을 여러 명 두지는 않는다. 그래야 안전하기 때문이다.

그런데 여러 명이라고?

"그리고 그들의 행동을 보면 아무래도 전문가는 아닌 것 같아요."

"전문가가 아니라고요?"

"네. 일단 이 교통사고 사건을 기준으로 보면요…….."

한적한 도로에서 피해자는 차에 치여서 죽었다.

사고 시간은 오후 4시경쯤.

"그런데 도로의 스키드 마크가 아주 짧아요."

스키드 마크란 타이어가 미끄러지면서 생기는 검은색 얼룩을 말한다.

쉽게 말해서 급격한 열로 인해 타이어 흔적이 도로상에 남는 것이다.

"이게 의미하는 건 두 가지죠. 상대방이 그 사람을 급박하게 발견했거나 마지막 순간에 급브레이크를 밟았다는 것. 하지만 전자는 힘들어 보여요."

피해자가 도로에 서 있는 것도 아니었고 인도로 걸어가고 있었다.

그리고 차량의 스키드 마크는 정면에서 달려오다가 갑자기 방향을 틀었다.

"살인을 하는 사람이 갑자기 마음이 흔들렸다? 이건 전문가는 아니라는 소리죠."

"으음…….."

전문가라면 주저하지 않고 그대로 밟았을 테니까.

"두 번째 사건의 경우, 가해자가 피해자를 등 뒤에서 찔렀어요. 타격점은 여기죠."

등 아래쪽. 쉽게 말해서 상대방이 몸을 완전히 돌리고 있을 때 찔렸다는 거다.

"사인은 과다 출혈이죠."

"그런데 이게 왜 비전문가가 한 살인이라는 거죠?"

오광훈은 고개를 갸웃했다.

사람이 찌르면 어차피 다 죽는다.

그런데 그걸 가지고 가해자가 어떤 사람인지 구분한다는 것이 이상한 모양이었다.

"간단해. 전문가는 칼을 위로 찔러 넣거든."

"위로?"

"그래. 주요 장기는 주로 위쪽에 모여 있으니까."

그런데 위쪽 장기들은 갈비뼈로 보호받는다.

그런 경우 방법은 두 가지다.

갈비뼈 사이로 칼을 찔러 넣거나, 아래쪽에서 찔러서 위쪽으로 쑤시고 올라가는 것.

"노 변호사님 말씀이 맞아요. 이 사람은 아래쪽으로 찔렸고 주요 장기는 건들지 않았어요. 사실 시간만 맞았다면 아마 살았을 거예요. 일반적으로 이런 경우는 상대방을 등 뒤에서 기습하면서 힘껏 찌른 거예요. 그런데 그런 경우 힘은 아래쪽으로 향하거든요. 특히 이렇게 날이 한쪽으로만 서 있는 형태의 칼이라면요."

그래서 전문가는 이런 칼을 쓸 경우 역수로 잡는다.

그러면 칼날을 따라서 힘이 들어가면서 쉽게 위로 올라가니까.

"그리고 그걸 도와준 사람이 있을 테고요."

"도와준 사람이 있는 줄은 어떻게 아십니까? 증거는 없었는데요."

"아까도 말씀드렸다시피 사인은 과다 출혈이에요. 그런데 그 피해자에게는 핸드폰도 있었고 움직이지 못하는 상황도 아니었죠."

"그런데요?"

"핸드폰이 그의 주머니가 아니라 바로 옆에 떨어져 있었다는 게 그 증거죠."

누군가가 피해자를 죽인 뒤 증거를 조작하기 위해 핸드폰을 두고 갔다고 하기에는 실력이 너무 어설프다.

하지만 그렇다고 피해자가 핸드폰을 꺼내려다가 놓쳤다고 보기에도 이상하다.

그렇게 빨리 죽을 정도는 아니었거니와, 핸드폰에는 피가 묻어 있지 않았으니까.

"그 말은, 누군가가 그가 죽은 후 그 옆에 핸드폰을 떨어트려 놨다는 의미군요."

노형진은 심각한 얼굴로 말했다.

"다음 사건도 마찬가지예요. 피해자는 정면에서 복부를 찔렸어요. 주요 장기가 손상되기는 했지만 가슴이 아니라 배를 찔렸죠. 그런데 그 찌른 횟수가 무려 다섯 번이에요."

그리고 일반적으로 그 부위를 찔렸다면 아프고 고통스러울지언정 움직이지 못할 정도는 아니다.

"그런데 정작 피해자가 격투를 벌인 흔적은 없어요."

누가 자기를 죽이려고 하는데 순순히 죽겠다고 배를 내밀 사람은 없다.

당연히 어떻게 해서든 저항하려고 하는 게 사람이다.

하다못해 칼을 찌른 사람에게 주먹질이라도 해야 한다.

그런데 주먹에도 아무 흔적이 없다.

"그런 경우는 누군가가 그를 붙잡고 있었다고 봐야 하지요."

누군가가 피해자의 팔을 붙잡고 저항하지 못하게 하는 상황에서 연달아 찌른 것이다.

"하지만 왜? 청부 살인이라면 조용히 처리하는 게 보통 아냐?"

오광훈은 이해가 가지 않았다.

그가 조폭이었기에 안다.

이런 경우는 아는 사람이 많아 봐야 손해다.

조용히 한 명 또는 두 명을 이용해서 처리하려고 하는 게 보통이다.

"다른 목적이 있는 걸지도 모르지."

노형진은 심각한 얼굴로 턱을 문질렀다.

그러자 오광훈이 의아한 표정으로 되물었다.

"다른 목적?"

"그래. 가령 공포감을 조성하는 게 목적이라면?"

"공포감?"

"응. 누구도 입을 열게 하지 못하게 하는 것 말이야."

"왜?"

"이번 경우는 원래 범죄가 워낙 방대하잖아."

"이해가 안 가는데."

"쉽게 말해서 본래 사건, 그러니까 도박에 돈을 빌려준 사건이 덮을 수 있는 수준이 아니라는 거야."

전국의 4분의 1 정도의 도박장이라면 어마어마한 수다.

그 현장마다 주요섭이 가 있을 수도 없고 그때마다 계좌 이체를 해 줄 수도 없는 노릇이다.

당장 금융감독원에 기록이 넘어갈 테니까.

그러니 연관된 사람만 해도 그 숫자가 어마어마하다.

현장에서 직접 돈을 빌려준 사람, 그 돈을 빌려 간 사람, 그 도박장에 있던 다른 도박꾼, 거기에다 그곳에서 패를 돌리는 선수, 심지어 도박장에서 도박꾼들의 심부름을 하는 시다바리까지.

"그중 한 명만 입을 열어도 살인이고 뭐고 의미가 없거든."

차라리 은폐된 사건, 잘 알려진 사건이라면 관련자 몇몇만 처리하면 없는 일이 되지만 이건 그렇게 되지 않는다.

"그러면 방법은 하나뿐이지. 누구도 입을 열지 못하게 하는 것."

그러기 위해 가장 좋은 방법은 바로 공포를 '전염'시키는 거다.

"살인의 목적은 증언을 하기 위해 넘어간 자들을 처단하는 것도 물론 당연하겠지만 동시에 공포를 전염시켜서 더 이상 자신에 대해 입을 열지 못하게 하려는 이유도 있을 거야."

안 그러면 이런 일에 여러 사람을 쓸 이유가 없다.

"더군다나 전문가라면 훨씬 자연스럽게 사고사로 처리할 수 있는데도 불구하고 말이야."

관련자들에게는 그런 소문이 돌 테고, 그런 소문이 돌면 누구도 입을 열려고 하지 않을 것이다.

"보통 사람들은 폭력 조직이 은밀하게 처리할 거라고 생각하지만 그렇지 않은 경우도 많아. 너도 알 텐데?"

"무슨 뜻인지 알겠다."

오광훈도 고개를 끄덕거렸다.

그도 조폭 시절에 고의적으로 대형 사고를 크게 키운 적이 있었다.

그렇게 하지 않으면 그 지역은 그의 조직의 구역이라는 사실을 제대로 못 박을 방법이 없었기 때문이다.

일종의 사회적 영역 선포랄까?

"맞아요. 대부분의 경우 법보다 주먹이라고 믿으니까요."

물론 정부에서는 그렇지 않다고 이야기할지도 모른다.

하지만 이미 대한민국의 대부분의 사람들에게 국가의 법적인 권력에 대한 믿음은 사라진 지 오래다.

"무조건 잡아들일까?"

"영장도 없이? 영장이 잘도 나오겠다."

더군다나 청부를 했다고 하면 더 문제다.

그에게 빚을 진 사람이 너무 많다.

그런 만큼 그들 중 누가 살인에 동원되었는지 특정할 방법이 없다.

"그러면 어떻게 잡아들이지?"

무차별적인 공포는 누구에게 향할지 모르기에 그걸 특정하고 통제하는 게 더 힘들다.

"더군다나 그가 감옥에 간다고 해서 그러한 행동을 모두 막을 수 있는 것은 아니고."

그 정도 되는 인간이라면 감옥에 간다고 해도 살인 교사를 할 방법은 많다.

변호사로서 슬픈 일이기는 하지만 일부 질이 나쁜 변호사들은 돈에 넘어가서 그들의 암호 지령을 바깥으로 전해 주는 노릇을 하기도 하니까.

"네가 잘하는 거 있잖아, 역순으로 치는 거."

"역순?"

"그래. 네가 말한 대로, 도박을 하는 돈을 빌려주는 거라면 그 돈을 빌려 간 사람부터 공략하는 건 어때?"

그 돈을 갚지 않기 위해 살인도 불사하는 놈들이다.

그러니 역순으로 갚지 않아도 된다고 하면 도와줄지도 모른다는 생각.

하지만 오광훈의 말에 노형진은 고개를 흔들었다.

"무리야. 이미 공포는 퍼졌어."

상대방의 뒤통수를 친다는 것. 그건 일종의 이익을 두고 싸우는 눈치 게임이다.

상대방에게 피해가 가더라도 나에게 이익이 된다면 당연히 하겠다는 심리에 기반한 짓.

"문제는 상대방이 이쪽에 반격할 방법이 있다고 하면, 그것도 절대적으로 위험한 방법이 있다고 하면 그러한 역순 방법은 안 먹혀."

당장 살인이라는 방법을 대놓고 쓰고 있는 이상, 아무리 빚을 갚지 않을 기회가 온다고 해도 사람들은 절대 선택하지 않을 것이다.

그 순간 자신의 목숨이 날아갈 테니까.

"또 이런 도박장은 비밀리에 운영되고 있어. 너 말이야, 네가 기억하던 곳 말고 달리 아는 곳 있어?"

노형진의 질문에 오광훈은 고개를 흔들었다.

"전혀."

그나마 기억하는 곳도 과거의 그곳이 아니다.

다른 곳과 마찬가지로 시간이 지나면 주기적으로 도박장을 옮기는데, 회귀 전에 그곳에 있었던 것을 기억하고 있던 오광훈이 추적해서 찾아낸 것이다.

"쉽지 않은 일이다."

노형진은 오광훈의 말에 걱정스러운 표정이 되었다.

그냥 싸우기에는 대상이 너무 위험한 인물이다.

"이런 타입은 네가 계속 파고들면 다른 사람을 보낼 거야. 그 인간에게 빚을 진 놈들은 한두 명이 아닐 테니까."

그들은 그걸 갚지 않을 수만 있다면 살인을 하고도 남을 것이다.

도박에 빠지면 가족도 팔아먹는다는 말이 그냥 생긴 게 아니다.

가족도 팔아먹는 판국에 생판 남이 어떤 취급을 당할지는 뻔하다.

"그리고 범인을 잡는 게 힘들겠지."

"그게 문제야."

살인 사건에서 범인을 추적할 때 가장 먼저 하는 것은 주변을 파고드는 것이다.

대부분 주변에서 원한을 가진 사람이 살인을 저지르기 때문이다.

"하지만 묻지 마 살인은 그게 불가능하지."

누가, 왜 살인을 했는지 특정하는 것이 불가능하다.

그리고 이런 타입의 살인은 그런 묻지 마 살인과 아주 비슷했다.

범인이 피해자와 아무런 관련도 없으니까.

"문제는 진짜 묻지 마 살인이 아니라는 거지."

철저하게 계획된 살인이다.

그렇다 보니 묻지 마 살인처럼 카메라를 뒤져서 잡는 게 불가능하다. 그걸 알고 미리 준비하니까.

"청부 살인이 무서운 게 이런 거야."

특정할 수가 없으니까.

물론 심증이야 넘치겠지만 물증이 없으면 기소는 꿈도 못 꾼다.

"주요섭이 하는 행동을 봐서는 아마도 그런 경험이 많겠지."

그렇지 않다면 이렇게 능숙하게 처리하지는 못한다.

"검사를 죽인 경험이 있을 거라고?"

"검찰일 수도 있고 경찰일 수도 있지."

어차피 살인까지 불사한 상황에서 상대방의 신분은 아무런 의미가 없다.

더군다나 검찰이나 경찰이 정보를 관리하는 방식은 뻔하니 관련 수사 정보는 다 넘어갈 것이다.

"이번 사건도 그래. 그놈이 정보를 얻지 못했다면 어떻게 증인을 죽였겠어?"

"끄응, 이 씨발 놈을 어떻게 처리하지?"

오광훈은 심각한 표정이 되었다.

이대로 두면 피해가 걷잡을 수 없이 커질 게 뻔하니까.

"가장 좋은 방법은 아래쪽에서 조지는 건데."

그가 가진 모든 도박장을 처리하면 된다.

문제는 그게 쉽지 않다는 거다.

일단 그런 곳을 처리한다고 해도 결국은 다른 곳에 도박장을 만들면 그만이다.

그 현장의 사람들은 처벌을 받을지 몰라도 주요섭은 전혀 타격이 없다.

"거기에다가 대부분의 도박장은 길어 봐야 3개월이야."

오래 있으면 자신이 관리하지 않는 곳에서 습격할 수도 있다.

그러니 안전을 위해 대부분은 자주 옮겨 다닌다.

짧으면 1개월, 길어도 3개월.

"하지만 내가 간 곳은 아직도 운영 중이던데."

"네가 지금 도박장을 잡은 것도 운이 좋은 거야. 아마 계속 운영한 곳은 아닐걸."

도박장으로 쓸 만한 공간을 빌리는 건 쉬운 일이 아니다.

일단 단기 임대 형태가 되어야 하는데, 대부분의 집주인들은 그런 단기 임대를 원하지 않는다.

그리고 한번에 적지 않은 사람들을 수용해야 하기 때문에 어느 정도 공간이 나와야 한다.

너무 작은 공간은 움직일 수도 없을 테니까.

"그렇다 보니 한번 받아들인 곳은 모른 척 다시 받아들이기도 해. 월세가 터무니없이 비싸거든."

주변에서 비슷한 조건의 건물이 한 달에 70만 원 정도 받는다면, 소위 말하는 하우스들은 못해도 다섯 배 이상은 준다.

그렇다 보니 그걸로 한번 돈맛을 본 주인들은 기회가 오면 잡는 편이다.

"그리고 네가 잡은 공간은 우연하게도 그 기간에 걸린 거지."

"그런가? 운이 좋은 건가?"

"그래. 넌 하여간 운은 더럽게 좋아요."

노형진은 한숨을 쉬면서 말했다.

하지만 지금 상황은 운으로 해결할 수 있는 수준이 아니다.

"그놈이 운영하는 조직 내에 사람이 얼마나 있는데?"

"글쎄다? 그건 몰라. 그걸 알면 내가 벌써 다 잡아들였지."

확실한 건 그 숫자가 적지 않다는 것이다.

못해도 한 업장에 두 명은 배치할 테니 족히 백 명은 될 것이다.

"그들이 뭉쳐 있지 않을 뿐이지 사실상 전국 규모의 조폭인 셈이야."

그들을 잡기 위해서는 전국 규모의 그물망이 필요하다.

문제는 그걸 도와줄 사람이 없다는 거다.

"일단은 그들의 흔적에 대해 알 만한 사람에게 물어야지."

"누가 알까? 한만우 사장?"

노형진은 고개를 흔들었다.

그가 조폭이고 조직을 운영하는 사람이지만, 정보에 대해서는 좀 약하다.

정보에 능했다면 노형진의 도움이 필요하지는 않았으리라.

"이걸 알 만한 사람은 단 한 사람뿐이지."

⚖️

"주요섭이?"

"네, 아시는 게 있는지요?"

노형진은 안당 마님을 찾아갔다.

대한민국에서 음지의 정보에 대해 가장 많이 알고 있는 사람이 그녀니까.

"그 망할 것이 우리 속을 좀 많이 썩이기는 했지."

"네?"

그런데 의외의 말이 나왔다. 속을 많이 썩였다고?

"안당 마님 속을 썩일 일이 있나요?"

"화류계에는 이런 말이 있지."

안당은 곰방대에 담배를 채우고는 불을 붙여서 길게 한 모금 당겼다.

"손님은 소형차를 타고 나가고 아가씨는 수입차를 타고 나간다."

"그게 무슨 소리죠?"

"이쪽에서 인기 있는 아가씨는 돈을 어마어마하게 벌거든. 그리고 이쪽에서 일하는 사람들이 이런 중독에 약해."

"무슨 뜻인지 알겠습니다."

화류계는 사회적으로 무시받는다.

그럼에도 불구하고 많은 사람들이 하는 이유는, 돈이 되기 때문이다.

쉽게 말해서 한탕 하기 쉽다는 거다.

"그리고 그 한탕 한다는 느낌은 도박에서도 느끼는 거거든."

더군다나 화류계에서 쉽게 돈을 번 사람은 돈의 가치를 낮게 본다.

실제로 연예계나 화류계 사람들이 도박에 중독되는 경우가 많다는 결과가 존재하고, 그게 한탕을 노리는 성향과 맞아서 라는 연구 결과도 있었다.

"그 새끼가 사람을 보내서 꼬드긴단 말이지."

"그래요?"

"거기에다가 그냥 꼬드기는 것도 아니야."

"네?"

"여자가 돈을 갚는 방법은 그것만 있는 게 아니지 않나?"

"설마?"

도박에 빠져서 돈을 다 날리고 돈까지 빌린 여자.

그 여자가 할 수 있는 일이 뭐가 있을까?

더군다나 그 여자가 원래 화류계에 일하던 사람이라면?

"설마 그 사람도 화류계에서 일합니까?"

"한때는 내 아래에 있었지."

지금은 좋게 말해서 독립이지, 그런 식으로 끌어간 여자를 데리고 술집을 한다고 한다.

"허."

결국 이런 도박에 투자를 하기 위해서는 적지 않은 자본금이 필요하다.

300억. 절대로 적은 돈이 아니다.

부모가 금수저가 아닌 이상에야 벌기 힘든 돈이다.

"그런 식으로 돈을 번 거군요."

"그래. 그때 죽였어야 했어."

안당 마님은 눈을 찌푸렸다.

그녀가 그 사실을 알았을 때는 이미 클 대로 큰 상황이라 죽이기도 힘들었던 것이다.

"나한테 걸리자마자 독립한다고 나가더군."

그리고 그때 만든 인맥으로 사건을 무마하고 도박장을 키우면서 적지 않은 돈을 벌었던 것.

"그 이후에 내가 알고 이쪽 애들에게 손대지 못하게 하기는 했지만, 그런다고 내 말을 들을 놈은 아니지. 나쁜 놈이기는 하지만 난놈은 난놈이야."

그나마 이쪽에서 도와줄 수 있는 것은 도박에 빠져서 돈을 날린 사람들을 구해 주는 정도다.

그나마도 변호사를 사서 불법적인 빚을 없애 주는 정도이지, 이미 빼앗긴 돈을 되찾아 줄 수는 없었다.

"그러면 그 조직원 숫자 같은 것도 아십니까?"

"한 삼백 명쯤 될 거다."

"네? 삼백 명요?"

노형진은 깜짝 놀랐다.

그 정도 숫자의 조직원이라니, 이건 생각도 못 했다.

전성기 전국구 조폭들의 규모가 아닌가?

"내 휘하에 있던 사람들 중에서 질 안 좋은 놈들이 그쪽으로 많이 갔거든."

"많이 갔다고요?"

"이 바닥 놈들 중에는 여자를 무시하는 놈들이 많아."

조폭들의 세계는 남성적인 세계다.

그리고 그들이 주로 보는 여성들은 대개 화류계에서 일하는 사람들이다.

그렇다 보니 폭력으로 물든 남자들은 그런 화류계 여성들을 아무래도 깔보게 된다.

"그런데 내 아래에 있던 놈들 중에서 내가 여자인 걸 마음에 들어 하지 않는 놈들도 있었거든."

그런 자들만 있는 것도 아니었다.

안당은 조직을 운영할 때 너무 과한 욕심을 부리지 못하게 했다.

과한 욕심은 패가망신의 지름길이기 때문이다.

그리고 누군가 욕심을 부리면 누군가는 손해를 봐야 한다.

화류계의 특성상 그 피해를 보는 것은 아래쪽에 있는 웨이터들이나 아가씨들이 될 게 뻔하다.

그래서 그녀는 과한 욕심을 부리지 못하게 했다.

"그게 마음에 들지 않았던 거지."

그렇게 나간 세력이 주요섭을 중심으로 뭉친 것.

"그런데 왜 지금까지 드러나지 않았던 거죠?"

"저쪽은 위험한 게임을 하니까."

안당 마님은 허공으로 긴 연기를 내뿜었다.

"불법도 마다하지 않아. 그러니 너무 더러운 일에 연관되고 싶어 하지 않는 위쪽은 거리를 두지."

위쪽은 그런 위험한 행동을 하지 않아도 돈을 충분히 벌 수 있다.

하지만 아래쪽은 아니다.

상납을 해야 승진을 하니, 위험해도 돈을 많이 벌 수 있는 방법을 선택한다.

"그게 주요섭이군요."

그렇다 보니 더 은밀하게 숨게 된 것이다.

문제가 생겼을 때 무마하기에는 힘이 부족하니까.

"그래서 살인을 하게 된 거군요."

노형진은 상당히 심각한 얼굴이 되었다.

안당 마님이 어둠의 세계에서는 그래도 말이 통하는 사람이고 통제가 되는 사람이지만, 주요섭은 그런 타입이 아니라는 거다.

"주요섭 별명이 뭔지 알아? 마왕이야. 돈이 관련되면 피도 눈물도 없는 자야. 아무리 자네라도 쉬운 싸움은 아닐 거야."

적당한 선을 지키는 게 아니라 말 그대로 바닥에 있는 인간.

법을 지키고 그 안에서 최선을 다하는 노형진에게, 법을 지킬 최소한의 의지조차 없는 주요섭은 말 그대로 상극이다.

"마왕이라⋯⋯."

그렇지만 노형진은 무섭지 않았다.

"세상에 마왕이 있다면 다른 곳 어딘가에는 용사가 있는 법입니다, 후후후."

인간은 사회적 동물이다

　어둠의 황제. 마왕.

　주요섭을 칭하는 말이다.

　"확실히 뒤쪽 세계에서 그 정도의 세력을 이루는 게 쉬운
건 아니긴 하지."

　노형진은 이번 사건을 해결하기 위해 김성식 변호사에게
도움을 요청했다.

　대한민국에서 검사로서 그의 자리에 올라간 사람들이 많
지는 않기에 그라면 그 존재를 알 거라 생각했기 때문이다.

　아니나 다를까, 김성식은 주요섭에 대해 알고 있었다.

　"그놈에 대해 여러 번 조사하려고 했지. 하지만 다 위에서
막혔어."

"중수부의 부장이셨잖습니까? 그런데도 막혀요?"

"그는 거물일세. 대한민국에서 어둠의 세계에서 그 정도 세력을 가진 사람은 거의 없어. 아마 세 손가락 안에 들어갈걸."

"네? 그 정도입니까? 하지만 안당 마님은 그렇게 표현하지 않으시던데요."

"비교 대상이 다르지 않나?"

안당이야 그 어둠의 세계에서 명실상부한 일인자다.

"순위 싸움도 비교가 가능할 때 하는 거야."

안당과 비교하기 위해서는 2위부터 5위까지 합해도 부족하다.

"안당 입장에서는 귀찮은 정도겠지."

전면전을 하고자 하면 못 할 것은 아니지만, 그러기에는 귀찮고 또 피해도 크니까 그냥 두는 존재.

"하지만 우리 검사 입장에서는 아니지. 주요섭 그 녀석은 안당과 전혀 스타일이 다르거든."

안당은 기존 권력자들과 좋은 관계를 유지함과 동시에 그들에게 도움을 주면서 세력을 키운다.

그만한 능력이 있으니까.

"하지만 주요섭은 다르지. 어떻게 보면 과거의 청계와…… 아……."

말을 하던 김성식의 표정이 왈그락 일그러졌다.

"왜 그러십니까?"

이것이 법이다

"청계…… 그놈들이 주요섭의 전담 고문 변호사였어. 아마 안당에게서 분리되어서 나올 때쯤 손잡았던 것 같은데…….

허, 웃기는군. 하마터면 대한민국이 아니라 청계 공화국이 될 뻔했어."

노형진은 기가 막혔다.

청계는 범죄를 설계해 주어 상대방을 높은 자리로 올려 주며 그 범죄를 설계한 비밀을 쥐고 상대방을 통제하던 놈들이다.

말만 법무 법인이지 그냥 범죄자들의 두뇌였다.

"아마도 청계가 그냥 있었다면 안당을 꺾고 주요섭이 1위를 찍었겠지. 그리고 대한민국은 양지도 음지도 청계가 지배하는 형태가 되었을 테고."

노형진 역시 그 말을 듣고 소름이 돋았다.

회귀 전에는 그런 정보가 전혀 없었으니까.

'하지만 청계의 방식을 생각하면…….'

몰랐다고 해도 전혀 이상한 게 아니다.

청계는 외부에 절대 드러나지 않았다.

'그러고 보니 안당이 어떻게 죽었지?'

자신이 아는 것은 부하들이 배신해서 죽임을 당했다는 것이다.

원래대로라면 이미 죽었어야 한다.

하지만 노형진이 부하들을 쳐 내는 데 도움을 주면서 아직은 살아 있다.

안당을 배신한 부하들, 그중에 주요섭의 부하가 있었을 가능성이 분명 존재한다.

"청계의 그림자는 무척이나 길군요."

노형진은 청계라는 존재가 생각나자 자신도 모르게 얼굴을 찡그릴 수밖에 없었다.

"나도 몰랐지. 청계가 무너지기 전까지 말이야. 후우."

김성식은 길게 한숨을 내쉬고 계속 말을 이어 갔다.

"일단 중요한 건 청계라는 존재가 아니야. 중요한 건 주요섭이네. 그 녀석은 안당을 뺀 나머지 중에서 톱 3에 들어갈 걸세."

"안당 마님은 자잘한 놈들에게나 붙어먹는다고 하던데요."

"안당 입장에서 큰손이면 얼마나 크겠나."

"하긴, 그렇겠네요."

안당 마님 수준이면, 초선이나 재선 국회의원쯤은 그냥 별 볼 일 없는 뜨내기 수준일 것이다.

안당과 독대를 하려면 3선은 되어야 할 테고, 그녀와 뭔가 하려면 국회의원은 4선급은 되어야 하고 정권에서는 최소 차관급 이상은 되어야 한다.

"문제는 주요섭이 공을 들이는 새끼들이 그 자리에 언제까지 있을 건 아니라는 거지."

국회의원의 임기는 4년이다.

2선까지는 8년이 걸린다.

그리고 그 이하는 안당은 보지도 않는다.

"내가 알기로는 주요섭이 안당에게서 독립한 게 10년이 안 됐을 거야."

즉, 그가 바로 접촉했다고 해도 잘해 봐야 2선, 길어 봐야 3선 정도라는 것이다.

"그리고 안당의 무기와 우리의 무기는 다르지."

"무슨 뜻인지 알 것 같네요."

안당은 필요하면 불법도 불사한다.

그에 반해 대검 중수부는 법이라는 테두리 안에서 일하는 존재다.

"안당에게는 별거 아니지만 이쪽은 방해할 정도는 된다 이거군요."

"그래."

"그러면 주요섭의 무기에 대해서는 잘 아시겠네요?"

"우리가 아는 건……."

김성식은 머리를 긁적거렸다. 그리고 긴 한숨을 내쉬었다.

"솔직하게 말하지. 그 녀석이 로비하고 성 접대하고 더러운 뒷수습하고, 그런 건 알고 있었네. 그 녀석이 소유하고 있던 룸살롱이나 성매매 업소도 다 알고 있고. 하지만 도박장? 그건 전혀 몰랐네."

"중수부가요?"

"그만큼 철저하게 가려진 거지. 사실 도박장을 잡은 실적이 많은 것도 아니고 말이지. 제보가 들어오지 않는 이상 우리로서는 추적이 힘든 게 도박장이거든."

하지만 잘못했다가는 목숨이 날아가는 걸 알고 있는 주요섭의 부하들이 그걸 제보할 리 없다.

"요즘같이 주변에 무관심한 시대에는 당연하게도 이웃집에 관심도 없으니까, 과거보다 제보도 많이 줄고."

과거에는 옆집에 누가 사는지 가족이 몇 명이고 누구누구 있는지 다 알았다. 오죽하면 옆집 숟가락 숫자도 안다고 했을 정도다.

하지만 지금은 아니다.

진짜 바로 옆집에 사는 사람의 이름이라도 안다면 무척이나 친하게 지내는 거다.

"하긴, 요즘은 이웃사촌이라는 말이 무색하죠."

과거에는 그런 시대이다 보니 이상한 부분이 많으면 바로 신고가 가능했다.

그 집에 이상하게 사람들이 많이 드나든다거나 분위기가 이상하다거나 하는 식으로 말이다.

"하지만 요즘은 아니지."

바로 옆방에서 사람이 죽어서 시체가 썩어 가도 몇 달 동안 신고도 들어오지 않는 게 현실이다.

"그런 만큼 쉽지는 않을 거야. 어둠의 세계의 큰손이라는 말이 그냥 생긴 게 아니니까."

이것이 법이다

노형진에게 걱정스러운 표정으로 말하는 김성식.

"약점 같은 건 없나요?"

"있었다면 벌써 잡아넣었지."

세금은 물론, 그 흔한 과속 딱지 하나도 없다고 한다.

"아마 지금 당장 국회의원으로 출마해도 역대급으로 깨끗한 후보라고 난리도 아닐걸."

"그 정도인가요?"

"그래. 자네 친구, 오광훈이라고 했나? 진짜 대단하기는 하군. 그 찾기 힘들다는 녀석의 도박장을 찾아내다니."

노형진은 씁쓸하게 웃었다.

'그쪽 세계에서 일하는 놈들은 알 만큼 알던데요?'

그럼에도 불구하고 정부에서는 몰랐다.

그게 의미하는 것은 하나뿐이었다.

그의 공포가 생각보다 널리 퍼져 있다는 것이다.

그렇지 않고서야 그가 도박장을 운영한다는 간단한 정보조차도 상부로 올라가지 않았을 리 없다.

"아마도 살해당한 사람이 한두 명이 아니겠군요."

"그렇겠지."

그리고 그들이 왜 죽었는지는 아무도 모른 채로, 그냥 실종 또는 미결로 남았을 게 뻔했다.

"셜록홈스의 악당인 모리아티 같은 놈이군요."

전형적인 지능형 악당인 모리아티.

일반적으로 범죄자들은 지능이 낮다는 말이 있다.

그건 틀린 말이 아니다.

지능이 낮아서 현실에 적응하기 힘들고 그게 반사회적 성향으로 발현되기 때문이다.

"하지만 좋은 머리로 범죄로 가는 놈들도 있지. 내가 알기로는 주요섭 그 인간은 한국대 수석이야. 그것도 법대 수석. 사법시험도 수석으로 통과했지."

"네?"

노형진은 깜짝 놀랐다. 그건 전혀 몰랐으니까.

"그러니까 더 놀라운 거야."

그 당시는 지금처럼 변호사가 넘치던 시대도 아니었다.

법을 다룬다는 게 권력이 되고, 판검사가 되면 그 권력을 쥐고 흔들 수 있는 시대였고, 설사 변호사를 한다고 해도 어마어마한 돈을 손에 쥘 수 있는 시대였다.

더군다나 사법시험 수석이라면 아마도 대형 로펌들에서 돈을 바리바리 싸 들고 와서 모셔 가려고 했을 것이다.

"그런데 그 모든 걸 다 포기하고 안당 마님의 휘하로 갔더군."

"자기 능력을 어디서 잘 쓸 수 있는지 정확하게 안 거군요. 마치 '법꾸라지'같이요."

"법꾸라지? 그거 설마, 법하고 미꾸라지를 합친 말인가?"

'아, 지금은 저 말이 없지.'

노형진은 아차 싶었지만 다행히 김성식은 이상하게 생각

하지 않았다.

"아주 정확하게 주요섭한테 맞는 이름이군. 맞아, 법꾸라지."

자신의 지식을 철저하게 그 자신과 범죄를 위해 쓴다.

거기에다 청계에서 살인도 설계해 주면 그는 직접 손쓰지 않고 그들을 처리한다.

"하여간 내가 아는 건 여기까지일세. 지금으로써는 손을 댈 수가 없지."

철저하게 합법적인 사업가. 그리고 깨끗한 사람.

"자금은 다 타인 명의일 테고요."

"그래."

확실히 머리가 좋다.

그가 도박장에서 돈을 빌려주는 것도, 실제 돈을 빌려주는 게 아니다. 그의 명의로 된 어음을 주는 것뿐이다.

그리고 그 어음은 100만 원 단위로 끊어져 있다.

거기서는 그걸로 노박하고, 나 잃으면 그건 휴지 조각이 된다.

설사 어음을 기반으로 돈을 딴다고 해도 어차피 그 어음을 돌려받는 것뿐이다.

그것도 현금으로 된 이자와 함께 말이다.

"사실 딱히 방법이 없어 보이는데 말이지."

김성식은 걱정스럽게 말했다.

그런데 의외로 노형진은 그저 웃을 뿐이었다.

"방법이 없긴요."

"응?"

"방법은 있습니다. 다만 그 방법을 모를 뿐이지요, 후후후."

"방법이 있다고?"

"그렇습니다."

노형진은 고개를 끄덕거렸다.

"모든 것은 사회에 속합니다. 그리고 사람은 사회에서 격리되는 순간 완벽하게 고립됩니다."

그리고 그를 고립시키는 건 어려운 일이 아니었다.

"애나머스요?"

이수종은 눈을 데굴데굴 굴렸다.

"그래. 지금도 연락하고 지내지?"

"그게……. 어…… 그러니까……."

이수종은 슬쩍 김성식과 오광훈을 바라보았다.

한 명은 전직 검사, 한 명은 현직 검사다.

당연히 애나머스는 그들 입장에서는 범죄자다.

한때 애나머스였던 이수종 입장에서는 곤혹스러운 상황이었다.

"걱정하지 마. 그들을 잡으려고 하는 게 아니야. 정확하게는, 더 큰 악을 처단하기 위해 잠깐 손잡는 거라고 할까?"

"더 큰 악을 처단한다고요?"

"그래. 너도 알지? 경찰들이 더 많은 범죄자들을 잡으려고 정보원 심어 두고 그러잖아."

"그거야……."

"그거랑 마찬가지야."

"뭐, 연락이 되기는 하죠."

결국 이수종은 선선히 고개를 끄덕거렸다.

사실 그가 그들과 연락하고 지낸다고 해도 그게 불법은 아니기 때문이다.

애초에 애나머스는 대부분이 점조직이다.

그가 아는 것도 극히 일부이고, 그나마도 대부분은 아이디나 닉네임 같은 거다.

그가 한때 흑염룡이라고 불렸듯이 말이다.

그러니 자신을 추궁해 봐야 나올 정보가 없다는 사실이 이수종에게 자신감을 불러일으켰다.

"그들을 통해 범죄자 한 명의 신상을 털어 줬으면 좋겠는데."

"네? 그게 무슨 말씀이세요? 불법을 저지르라고요?"

"어."

노형진이 너무 당당하게 말하지 이수종은 입을 쩍 벌렸다가 고개를 흔들었다.

"하긴, 노 변호사님이 그런 거 신경 쓰지는 않죠. 하지만 저쪽의 현직은?"

"나? 나는 그 새끼만 죽일 수 있다면 내가 직접 살인할 용의도 있다."

오광훈의 과격한 말에 질색을 하는 이수종.

"그건 애나머스 스타일이 아니라고요! 우리는 IT 정보화 시대의 정보 전사들이에요!"

"정보 전사들이라니, 무슨 북한식 표현이냐? 사상이 의심된다?"

순간 끼어든 김성식의 말에 이수종은 자신도 모르게 몸이 움츠러들었다.

"김 변호사님, 그런 농담은 하지 마세요. 전직 중수부장이 그런 농담 하면 절대 농담으로 안 들립니다."

"어, 그런가요? 너무 긴장한 것 같아서 그런 겁니다만. 걱정하지 마. 국보법 정도는 눈감아 줄 수 있어."

"그게 더 농담으로 안 들려요!"

그렇게 대답한 이수종은 결국 어쩔 수 없다는 듯 어깨를 으쓱했다.

"일단 애나머스를 쓰는 건 좋아요. 하지만 저희도 명확한 이유 없이 개인의 신상을 털지는 않아요. 애나머스는 공식적으로는 정의를 추구하는 사람들이거든요. 뭐, 추구하는 정의가 제각각이기는 하지만, 그렇다고 해도 한 사람의 인생을 마음대로 파멸시키는 건 누가 봐도 아니잖아요."

이것이 법이다

"그건 알고 있다. 사실은 말이지…….."

노형진은 이수종에게 주요섭에 대해 말을 해 줬다.

그러자 이수종은 무척이나 놀란 표정이 되었다.

"그런 미친놈이 있어요?"

"의외로 그런 놈은 많아. 우리가 모를 뿐."

"으음…… 애나머스를 통해 이야기를 하는 게 어려운 일은 아닐 것 같네요. 필요한 정보가 뭐예요? 스위스 계좌라도 털어 드려요?"

"그게 가능해?"

어마어마한 보안을 자랑하는 스위스 계좌다.

그런데 그게 가능하다는 말에 김성식은 깜짝 놀란 표정이 되었다.

"뭐, 불가능하지는 않아요. 물론 제 실력으로는 안 되고요. 저도 공부하고 있지만 톱클래스는 아니라서. 하지만 톱에 들어가는 몇몇은 몇 번 몰래 털었다고 하더라고요."

물론 그 흔적을 남기지는 않는다.

그랬다가는 바로 보안 업그레이드가 이루어질 테니까.

"일단은 한국의 은행 계좌, 그리고 의심되는 차명 계좌, 거기에다 해외 계좌랑 핸드폰 같은 거, 가능하겠어?"

"일단은…… 전달! 은 해 볼게요."

굳이 전달이라는 말에 힘을 주는 이수종.

자신은 책임이 없다는 걸 명확하게 하기 위해서였다.

"그래, 전달만 해 주면 된다. 부탁한다."

그렇게 말하고 사이버 보안실에서 나오자마자 오광훈과 김성식은 바로 노형진에게 질문을 던졌다.

"그걸 터는 게 가능한가? 아니, 가능하다고 할지라도 말이지, 그게 무슨 의미가 있나? 그러다가 잡히면?"

노형진은 안심하라는 듯 말했다.

"차라리 돈 주고 고용하면 우리가 잡힐지도 모르지만 이건 우리가 잡힐 가능성이 낮습니다. 애초에 애나머스는 전 세계 정부의 공공의 적입니다. 그런데 아직 건재하죠. 한국에서 애나머스 출신이라고 밝혀진 놈들이 있던가요?"

"끄응…… 그렇군."

김성식도 잠깐 기억을 더듬다가 고개를 끄덕거렸다.

해킹이나 사이버 범죄 혐의로 여러 범죄자들이 잡혔지만 애나머스는 없었다.

애초에 애나머스들은 기본적으로 여러 국가를 거쳐서 해킹하는 데 선수라 추적이 거의 불가능하다.

한국뿐만 아니라 미국조차도 애나머스를 잡는 데 고생하고 있다.

위치를 알아도 다른 나라에 있다면 잡는 건 불가능하다.

"하지만 고작 인터넷이 무서워? 그거 조사한다고 해서 범죄 기록이 튀어나오는 것도 아니잖아."

오광훈은 고개를 갸웃했다.

그가 봤을 때 인터넷의 세계는 좀 편리하긴 하지만 허상일 뿐이다.

그러니 애나머스가 계좌 좀 턴다고 해서 뭐가 해결되진 않을 것으로 보였다.

"너 남미 폭력 조직이 브라질 정부랑 싸우는 거 알지?"

"알지. 그건 유명하잖아?"

심지어 어떤 나라는 사실상 폭력 조직의 손에 넘어갔다.

경찰과 군대까지 다 합해도 그 숫자가 4만인데 공식적인 폭력 조직원의 숫자만 6만.

그래서 경찰들조차도 타국으로 망명하는 판국이다.

"그들은 절대로 지지 않을 거라 생각했지. 그런데 그런 조직의 보스가 딱 한 번 항복한 적이 있어."

"뭐? 그런 적이 있어?"

"그래, 그 일을 가능하게 한 게 바로 애나머스야."

"아니, 어떻게?"

애나머스라는 실체도 없는 조직이 수만의 병력을 이끄는 폭력 조직의 수장을 항복시킨다는 것은 쉽게 생각하기 힘든 일이다.

"애나머스와 그 조직 간에 싸움이 났거든."

정확하게는 애나머스의 조직원에게 그 조직의 보스가 현상금을 건 것이 발단이었다.

그가 왜 현상금을 걸었는지는 확실하지 않다.

중요한 것은 적지 않은 현상금을 걸었고, 실제로 그 돈에 눈이 멀어서 국가 단체들조차도 그를 추적하기 시작했다는 것이다.

"사실상 누가 봐도 폭력 조직이 이기는 게임이었지."

그들은 과거에 일본에서 한 명이 자기 조직을 모욕했다고 킬러를 보내서 목을 잘라 버린 잔혹한 범죄자들이었다.

누구도 애나머스가 이길 거라 생각하지 않았다.

"병력으로 싸울 수는 없었어. 그래서 그 대신 애나머스는 다른 방법을 썼지."

애나머스는 그와 관련된 모든 것을 해킹하기 시작했다.

그의 계좌, 그의 주소, 그의 아지트, 그의 스위스 계좌 등 모든 것을 털었다.

"실제로 본보기를 보이기 위해 그가 움직이는 동선을 인터넷에 공개하기도 했지."

아무리 그라고 해도 핸드폰은 들고 다닌다.

설사 그가 아니라 해도 주변의 누군가는 들고 다닌다.

그리고 애나머스는 그 주변의 누군가가 어떤 사람인지 알 수 있다.

"애나머스는 그의 비밀 별장. 숨겨진 기지. 그리고 비밀 계좌번호까지 모조리 찾아냈어."

무력이라고 하면 그저 총으로 쏘고 칼로 찔러 죽이는 것만 아는 갱단의 두목은 전혀 새로운 방식에 어찌 대응해야 할지 알지 못했다.

그래서 보이지 않는 적이라는 존재에 대해 어떤 대응도 하지 못했다.

"결국 항복하고 말았지."

그럴 수밖에 없었다.

인터넷으로 움직임이 중계되자 그를 노리는 반대파나 라이벌들이 계속 암살을 시도했고, 심지어 정부군조차도 그를 죽이기 위해 폭격을 시도하기까지 했다.

그런 상황에서 자신의 비밀 계좌와 비밀번호가 적혀 있는 메일을 받은 그는 버틸 수가 없었다.

그게 공개되면 모든 돈을 빼앗기는데, 돈이 없는 조직의 보스는 한낱 처형 대상일 뿐이니까.

"우리가 노리는 게 그거야. 주요섭은 확실히 법꾸라지니까."

그는 법에 대해 잘 알고 실제로 잘 빠져나간다.

정부와 싸우는 방식에 대해서도 누구보다 잘 알고, 오랜 음지 생활로 그쪽의 생리도 잘 안다.

"하지만 애나머스? 인터넷? 그걸 알까?"

현직 검사들조차도 감을 잡지 못하고 허둥거리는 것이 인터넷 범죄다.

한국에서 벌어지는 수많은 인터넷 범죄들은 결국 주민등록 등 알려진 사항을 기반으로 추적하여 해결한다.

하지만 상대방이 컴퓨터에 대해 잘 알아서 계정을 도용하고 해킹을 하고 회선을 우회하면 잡을 방법이 없다.

실제로 인터넷에서 유명한 불법 업로더 같은 경우는 웹하드에서 필사적으로 보호하며, 그런 범죄자는 처벌받은 기록이 전혀 없다.

인터넷상의 주소인 IP가 있다고는 하지만 그쪽은 가짜 주소를 던져 주는 것이 보통이라서 진짜 주소를 추적하기 위해서는 전문가를 동원해야 하는데, 대한민국 정부 내에 그런 게 가능한 부서는 거의 없다.

"그건 그렇지. 각 경찰서마다 인터넷 전담 부서가 있기는 하지만 말이지."

한국 경찰에는 인터넷 전문가 특채가 거의 없다.

즉, 인터넷 전담 부서 소속이라고 해도 진짜 인터넷에 능숙한 수사관은 없다.

IT 전문가가 아니라 그냥 기존 경찰 중에서 적당히 순환 배치시키는 시스템이다.

당연하게도 그들이 범인을 추적하는 방법은 인터넷 회사에 전화해서 관련 정보를 달라고 협조 요청한 다음 그걸 기반으로 주소나 이름을 특정해서 수사하는 거지, 영화처럼 컴퓨터 해킹을 방어하고 서버를 수색하는 경우는 거의 없다.

"애초에 그런 능력을 가진 전문 수사 팀을 가지고 있으려면 거의 각 지역도 경찰청급 이상은 되어야 하니까 일에 치이고."

이것이법이다

"맞습니다. 하물며 프로파일러도 그런데 IT 전문가 같은 것에 한국 경찰은 돈 안 쓰죠."

한국 프로파일러는 그냥 일반적인 경찰 업무를 하다가 필요하면 거기에 가서 일하는 스타일이다.

미국의 미드처럼 전문 팀을 이루어 일하지는 않는다.

아니, 못 한다.

"더군다나 주요섭은 나이가 많아."

그들이 알아낸 정보에 따르면 주요섭의 나이는 벌써 60대다.

절대로 인터넷에 익숙한 세대가 아니다.

"그리고 생활 방식도 그렇지."

그 정도 되는 놈은 일을 할 때 직접 하지 않고 아랫사람을 시킨다.

당연히 아랫사람 중에 컴퓨터에 대해 잘 아는 사람이 있을 수밖에 없다.

"그 아래에 IT 전문가가 있지 않을까?"

"무리지."

IT 전문가는 상당한 연봉을 자랑한다.

물론 사법시험 수석도 범죄 조직에 가담하는 마당에 IT 전문가가 가담 못 할 건 없지만, 대우가 다를 수밖에 없다.

사법시험 수석은 법에 해박한 점을 이용해 사법적인 공격을 방어할 수 있지만 IT 전문가는 범죄 조직의 활동 무대를 가리니 대우가 다를 수밖에 없다.

결국, 설사 주요섭 휘하에 IT 전문가가 있다 해도 애나머스를 막을 정도는 아닐 것이다.

"애나머스를 이용한다라……. 정보를 캐낼 수는 있다고 하지만 그 정보를 어떻게 쓰려고 하는 건지 모르겠군. 검찰에 준다고 해도, 검찰이 그 정보를 바탕으로 수사할 가능성은 별로 없네만?"

김성식은 걱정스럽다는 듯 말했다.

노형진에게서 애나머스가 얼마나 무서운지 듣기는 했지만 사실 그 역시 인터넷 세대가 아니다.

당연히 그게 얼마나 파괴력을 가지는지 알지 못한다.

"검찰은 안 쓰겠죠. 하지만 그 이후에 중요해집니다."

"중요하다고?"

"네. 이 작전의 핵심은 조사가 아니라 고립이니까."

누구도 돕지 않는 인생이라는 게 얼마나 두려운 것인지 주요섭은 모를 것이다.

하지만 알게 되는 순간 자신이 살아온 인생을 후회하게 될 것이다.

노형진은 그가 그렇게 되도록 만들 자신이 있었다.

⚖

얼마 후 애나머스에서 연락이 왔다.

정확하게는 애나머스에 속한 일부 해커라고 표현해야 할 것이다.

　그들은 철저하게 점조직이고 그 일을 할지 말지 결정하는 것은 각자의 판단이니까.

　"이게 주요섭의 정보라고?"

　"네. 몇몇 사람들이 그에 대해 알아보고 우리에게 도움을 주기로 했어요."

　"이게 이렇게 단시간 내에 나오나?"

　"좀 오래 걸렸는데요?"

　"이게?"

　김성식은 놀라서 달력을 바라보았다.

　부탁한 지 고작 일주일. 그런데 주요섭의 모든 게 나왔다.

　계좌, 비밀번호, 대포폰 번호, 주변 인물들, 주변 인물들의 핸드폰 번호와 계좌 번호, 그리고 신용카드 사용 내역, 안가로 의심되는 주소지, 심지어 스위스 계좌까지.

　"아무래도 한국어가 발목을 잡았죠. 인터넷에서 쓰는 언어는 거의 다 영어니까."

　그렇지만 한국 서버의 경우 한국어 표기가 들어갈 수밖에 없고 그게 뭔지 읽는 건 전혀 다른 문제니까.

　"허."

　김성식은 질려 버렸다는 표정이 되었다.

　당장 검찰에서 이런 정도의 내사를 하면 못해도 한 달은 걸린다.

그런데 고작 일주일이다. 그것도 오래 걸린 거란다.

"원래 행정절차가 문제지 인터넷 세상은 사실상 실시간이나 마찬가지니까요."

"그건 그렇지만 말이지."

김성식은 할 말을 잃었다는 듯 고개를 흔들었다.

노형진은 그 모습을 보며 한마디 더 덧붙였다.

"그리고 경찰과 검찰의 IT 전문가 부족이 가장 큰 원인이지요."

"하아……."

분명 어느 때보다 확충이 시급한 전력임에도 불구하고 경찰과 검찰의 범죄 추적 마인드는 80년대.

일단 국민을 때려잡던 독재 시절에 멈춰 있다.

"일단 알겠네. 그런데 이걸로 어찌할 생각인가?"

"비밀입니다, 후후후."

노형진은 눈을 반짝거렸다.

⚖

"이야, 반갑다."

노형진은 지하의 컴컴한 창고로 들어갔다.

그리고 불을 켰다.

그러자 드러나는 엄청난 양의 예술품과 작품들.

다름 아닌 마리아의 눈물 사건 당시에 빼돌린 탈세품들이었다.

그 당시 호종그룹과 회장은 자산을 몰래 빼돌리기 위해 현물로 어마어마한 보물을 구입해서 감췄다.

그 과정에서 엉뚱한 사람에게 죄를 뒤집어씌우고 '손망실'로 처리하려고 했는데 노형진이 그걸 방어하면서 조용히 그들의 비밀 창고를 털어 버렸다.

"이게 얼마나 여기에 있었더라?"

그리고 그 물건은 바깥으로 나가지 못했다.

털린 사실을 안 호종그룹에서 눈에 불을 켜고 찾고 있다는 사실을 알고 있으니까.

"야, 이 씨발 새끼. 존나 머리 좋네."

오광훈은 쌓여 있는 항아리 하나를 툭 치며 말했다.

"이거 시중에 풀리면 호종에서 눈깔 뒤집고 덤비겠지."

"조심해라. 그건 50억은 된다."

"허억!"

움찔한 오광훈은 급격하게 몸을 움츠렸다.

"여기에 있는 게 그렇게 비싸?"

"여기에 있는 게 대략 8천억 원쯤 될 거야."

"8천억?"

"어."

"미친 새끼들."

상속세를 내지 않기 위해 열심히 빼돌린 보물들.

어마어마한 양 때문에 도리어 온갖 잡동사니를 쌓아 올린 것처럼 보이는 물건들.

"그런데 이걸로 뭘 어쩌려고?"

"어쩌긴, 당연히 뿌려야지."

"뿌려?"

"정확하게는 판매."

"어?"

오광훈은 판매라는 말이 이해가 가지 않았다.

"이게 정상가면 대략 8천억이야. 그런데 이게 절도품이라는 건 세상이 다 안단 말이지."

당장 호종그룹에서 추적하고 있으니까.

"그리고 그런 경우는 가격이 팍 떨어져. 대략 절반 이하로."

"절반 이하?"

"그래, 아마 대략…… 3,500억쯤 되지 않을까?"

오광훈은 노형진이 뭘 노리는지 알아차렸다.

"잠깐, 그 말은?"

"그래, 이상하게 주요섭 재산하고 딱 맞아떨어지네."

물론 계좌에 있는 돈이 그 정도이고, 현물이나 땅이나 빌딩 같은 걸로 쥐고 있는 건 자신도 어쩔 수 없다.

"하지만 그것만 해도 충분하지."

갑자기 나타난 호종그룹의 물건들. 그리고 막대한 돈.

"호종그룹이 알면 죽이려고 덤비겠구나."

"그래."

정부 관계자에게 돈을 주고 관리하며 조용히 움직일 수는 있다.

하지만 대한민국의 대기업 중 하나인 호종그룹과 싸운다?

"어떻게 될 것 같냐?"

"뒈졌네."

농담이 아니다.

호종그룹은 납치해서 고문을 해서라도 그걸 토해 내게 하려 할 거다.

아무리 주요섭이 개인으로서 잘났다고 해도 호종그룹과 싸울 수 있는 수준은 아니다.

"난 그걸 검찰에 넘기거나 인터넷에 뿌리거나 할 줄 알았는데."

"검찰은 애초에 기대도 안 했고, 인터넷에 뿌리는 건 사실 의미가 없어."

스위스 은행이나 해외 도피용 비밀 계좌들이 바보가 아니다.

어마어마한 돈이 그렇게 쑥 빠져나가는데 당사자에게 확인하지 않을 리가 없다.

"조금이라도 돈이 변동되면 당사자에게 연락이 가겠지."

거기에다 그렇게 빠진 돈은 결국 다른 사람의 계좌로 흘러

들어 가게 된다.

그리고 주요섭이라면 그 사람을 납치해서 고문하거나 죽일 가능성이 농후하다.

"우리가 인터넷에 뿌리면 선량한 사람들이 피해를 입을 수도 있어."

그래서 인터넷에 뿌리지는 않기로 했다.

"하지만 우리라면 이야기가 달라지지. 가짜 계좌 하나 파서 돈을 모조리 인출하고 몇 번 돌려서 세탁하고 그걸 꺼내는 건 어려운 일이 아니야."

주요섭이 아무리 능력이 있다고 하지만 전 세계 은행을 몇 번이나 돌아간 돈을 추적하기 위해서는 상당한 시간이 들 수밖에 없다.

"더군다나 그 돈은 정정당당하게 번 것도 아니지."

당연히 그 돈이 어디서 나왔는지 신고도 못 하니 추적이 힘들 수밖에 없다.

"그리고 그가 추적을 시작할 때쯤이면 이미 호종그룹에서 주리를 틀려고 덤빌 테고 말이지?"

노형진은 오광훈의 말에 고개를 끄덕거렸다.

"재미있는데."

오광훈은 히죽하고 웃었다.

"하지만 이걸 어떻게 보내 줄 건데?"

적지 않은 보물이다. 이걸 집에 택배로 보낼 수는 없다.

"그거 알아?"

"뭐?"

"모든 은행은 나가는 건 감시하지만 들어오는 건 생각보다 감시가 덜하거든. 그러니까 뭐 하나 '슬쩍' 넣어 주면 된다고."

"슬쩍?"

"그래."

그리고 노형진은 미소를 지었다.

⚖️

은행은 돈을 보관하는 곳이다.

하지만 대형 은행들은 그것 말고 은행 내부에 금고를 만들어 두고 고객의 귀중품이나 중요 서류를 보관하는 서비스를 제공한다.

당연히 그 금고는 개개인이 열쇠를 가지고 있으며 은행 쪽도 그 안에 뭐가 들어 있는지 모른다.

그래서 많은 탈세범들이 그 안에 유가증권이나 현금화할 수 있는 무언가를 넣어 두곤 한다.

그렇다 보니 그런 금고에 대한 보안은 상당히 철저하다.

물론 나가는 것 기준으로 말이다.

"주요섭 씨가 은행 금고를 하나 더 빌리시겠다고요?"

주요섭의 대리인이라고 주장하는 사람이 은행에 왔다.

담당자는 살짝 떨리는 얼굴로 그를 바라보았다.

아무리 주요섭이 조용히 지낸다고 하지만 은행에 보관한 돈이 적지 않으니 당연히 조심스러울 수밖에 없다.

"그렇습니다. 보안 때문에 기존 금고를 사용할 수가 없어서요."

"하지만 그건 당사자가 오셔야……."

"주 어르신이 직접 오시라고 할까요?"

"그게……."

담당자는 눈을 데굴데굴 굴렸다.

그럴 수밖에 없는 게, 주요섭은 언제나 다른 사람을 보내서 일을 보게 했으니까.

물론 금고에 접근하는 업무가 아니라 단순 업무이기는 하지만 말이다.

"원하시면 주요섭 어르신에게 전화를 해 보셔도 됩니다."

남자는 느긋하게 말했다.

"안 그래도 전화를 드렸습니다만……."

담당자는 곤란한 표정이 되었다.

이미 주요섭에게 전화를 했지만 그의 전화는 꺼져 있다.

그럴 수밖에 없을 것이다.

노형진이 그가 협상하는 사이에 핸드폰으로 무차별 공격을 가했으니까.

그뿐만이 아니다.

그와 가까운 사람, 즉 은행에서 알 만한 사람과 사무실에 집중적으로 전화 공격을 하도록 했다.

그러니 아무리 노력해도 통화가 될 리가 없다.

"그래요? 그래서 못 빌려주시나요?"

"그게 말이죠."

담당자는 헛기침을 했다.

"보안상 금고에 접근하는 건 당사자만 가능한데요. 그리고 규정상 1인 1금고입니다."

"위임장에 문제가 있나요?"

"그건 아닌데……."

위임장 같은 건 애초에 간단하게 위조할 수 있다.

물론 거기에 붙어 있는 인감증명서 같은 것은 복제하는 게 힘들지만 말이다.

"알겠습니다. 그러면 거절했다고 알려 드리지요."

"네?"

은행 담당자는 깜짝 놀랐다. 거절이라니?

"그렇지 않습니까? 저는 일을 하는 사람일 뿐입니다. 새로운 금고에 보관하라는 명령을 받았지 기존 금고에 추가로 보관하라는 명령은 받지 못했습니다. 애초에 전 기존 금고에 접근할 수 있는 권한도 없고요."

담당자는 상당히 곤혹스러운 표정이 되었다.

그는 주요섭이 어떤 일을 하는지는 모른다.

하지만 확실한 것은, 주요섭이 마음이 변해서 은행에 있는 돈을 빼 가기라도 한다면 자신은 바로 모가지라는 것이다.

무려 200억이 넘는 돈을 넣어 둔 사람 아닌가?

"크흠…… 원래는 이러면 안 되는데……."

만일 기존 금고에 접근하겠다고 했다면 절대 안 된다고 했을 것이다.

하지만 전혀 새로운 금고에 넣는다고 하면 사실 위험할 것도 없다.

금고까지는 자신이 동행하고 그 안에서 뭔가를 넣을 때만 그 혼자 있는다.

그리고 그 안에 혼자 있다고 해도 카메라가 그를 감시하고 있는 데다가 그 짧은 시간에 뭔가를 훔칠 수도 없다.

더군다나 모든 금고에는 다 보안 코드가 있다.

영화에서처럼 그냥 열쇠를 넣고 돌리면 되는 시대가 아닌 것이다.

"잠깐 보관하는 거라서요. 무슨 뜻인지 아시죠?"

"네."

결국 담당 직원은 고개를 끄덕거렸다.

사실 원칙대로라면 1인당 1금고가 맞다.

하지만 금고가 작은 경우에 다른 금고를 빌리는 손님이 없는 건 아니다.

'대리인이 빌리는 것은 처음이기는 하지만.'

완벽하게 새로운 금고다 보니 들어 있는 게 하나도 없다.

그런 만큼 문제가 될 게 없다고 생각한 그는 고개를 끄덕거렸다.

"잠시만 기다려 주십시오. 금방 처리하고 오겠습니다."

그리고 잠시 후 열쇠 하나와 카드 하나를 가지고 왔다.

"따라오시죠."

남자는 옆에 두었던 가방을 들고 조용히 따라왔고, 담당자는 금고까지 가서 두 가지를 건넸다.

"이건 카드 키이고 이건 열쇠입니다. 주요섭 씨가 사용법은 아실 테지만 그래도 일단 지금 만드는 건 처음이니까요. 일단 이 카드 키를 가지고 금고에 대시면 1차 보안 문이 열릴 겁니다. 그럼 그 너머로 2차 보안 문이 보이는데, 그 문의 열쇠 구멍에 이 열쇠를 넣고 돌리셔야 합니다. 둘 중 하나만으로는 절대로 문 못 엽니다. 그러니 보안을 위해서는 따로 보관하시는 것을 추천해 드립니다."

"알고 있습니다."

남자는 능숙하게 안으로 들어갔다.

그가 금고실에 들어간 후에 담당자는 잽싸게 보안 카메라가 켜진 컴퓨터를 확인했다.

보통은 그러지 않지만 대리인이라는 부분이 꺼림칙했기 때문이다.

혹시나 다른 금고에 접근하려고 하는 게 아닐까 하는 의심이 남아 있으니까.

하지만 그는 다른 곳에는 일절 관심을 보이지 않고 받은 키와 열쇠로 금고를 열었다. 그리고 금고를 꺼내서 탁자에 놓은 다음 007가방을 열고 뭔가를 꺼냈다.

"허억!"

담당자는 그걸 보고 깜짝 놀랐다.

그가 본 것은 작고 네모난 상자들이었다. 그런데 그것들을 열 때마다 어마어마한 크기의 보석과 장신구가 보였다.

남자는 일일이 그걸 열고 확인한 다음 상자째로 금고로 넣었다. 그러자 그것만으로도 금고가 꽉 차 버렸다.

'그래서 새로운 금고를 달라고 한 거구나.'

남자는 금고를 닫고는 다시 제자리에 밀어 넣고 바깥으로 나왔다.

그걸 본 담당자는 잽싸게 자기 자리로 돌아갔다.

"업무가 끝나셨나요?"

"네, 그리고 혹시나 아시겠지만……."

"네, 보안은 철저합니다."

"알겠습니다."

그렇게 말한 남자는 힐끔 금고 쪽을 돌아보고는 침을 꿀꺽 삼키고 은행을 나섰다.

그 금고를 더 이상 열 일이 없을 거라 생각하면서.

그렇게 금고는 커다란 비밀을 감춘 채로 은행에 남겨졌다.

　남자에게 금고에 물건을 맡기도록 지시한 사람은 다름 아닌 노형진이었다.

　기본적으로 은행에 들어가는 것은 심한 보안을 요하지 않는다는 점을 노린 것이었다.

　"진짜로 들어갔네?"

　오광훈은 기가 막힌다는 듯 말했다.

　처음에는 말도 안 된다고 생각했는데 은행에서 생각보다 쉽게 통과시켜 줬던 것.

　"개인 금고니까. 그걸 가진 사람들은 은행에서 대부분 큰손이거든."

　"단순히 그것만으로?"

"그것도 있지만, 개인 금고는 임대료가 비싸. 그것도 돈이
되지."

노형진은 그렇게 말하면서 차량을 바라보았다.

트럭에는 잘 포장한 보물들이 가득 실려 있었다.

"그런데 이건 어떻게 할 거야? 주요섭이 이걸 받아 줄 리
가 없잖아."

"주요섭이 이걸 받을 필요는 없지."

"응?"

"중요한 건 주요섭이 이걸 판다는 거지, 이걸 가지고 있다
는 게 아니야. 사실 주요섭쯤 되면 어딘가에 비밀 창고 같은
게 있다 해도 하나도 이상하지 않거든."

실제로 그의 아지트는 남의 명의로 되어 있다.

만일 애나머스가 아니었다면 그곳을 찾아내지 못했을 것
이다.

"그렇지만 주요섭이 장물아비에게 이걸 판다는 정보가 흐
르면 어떻게 될까?"

"그게 가능하겠어, 한국에서?"

한국에는 이미 주요섭에 대해 널리 소문이 퍼졌다.

장물아비라면 충분히 그에 대해 들었을 테니 이걸 판매해
줄 리가 없다.

"누가 한국에서 판대?"

"응?"

"내가 널 그냥 구경만 하게 놔두겠냐? 이걸 감당할 정도의 자산가는 한국에 없어. 있다고 해도 주요섭 때문에 팔 수도 없고. 하지만 다른 곳이라면 다르지."

"다른 곳?"

"그래, 요즘 이런 걸로 부를 쌓아서 감추는 곳이 있지. 바로 중국."

중국은 어마어마한 성장을 하면서 세계의 돈을 말 그대로 빨아들이고 있다.

세계의 공장이라는 말이 허언이 아니라서 매년 새로운 부자가 탄생하는데, 그들은 그 돈을 주체하지 못한다.

"그런데 중국은 의외로 골동품이 없지."

부자들이 많이 모으는 것이 골동품이다. 아니면 이런 역사적 유물이거나.

그런데 정작 중국에는 그런 게 없다.

"이런 말이 있지. 문화대혁명이 역사를 바꿨다."

그게 역사적으로 큰 사건이라는 게 아니다.

문화대혁명 당시에 홍위병들은 온갖 문화유산을 모조리 파괴했다.

중국은 한때 동양의 최강국이었고 당연히 역사적 첫 유물도 무수히 존재했다.

하지만 그걸 모조리 파괴한 덕분에 역사적 첫 유물이라는 게 거의 없게 되었다.

그렇다 보니 역사적으로 최강국이면서도 현재 자료에 의한 역사에 따르면 문화적으로 뒤처진 부분이 많이 보이는 것이다.

　문화적으로 본다면 최초라는 수식어를 어마어마하게 가지고 있어야 하는 게 중국이지만 정작 그 최초라는 것을 증명할 수 있는 어떠한 방법도 없다.

　"그래서 그런지 중국 부자들은 골동품에 환장하는 성향이 있어."

　그리고 호종그룹에서 훔친 물건들은 대부분 그런 것들이다.

　그럴 수밖에 없는 게, 현대 작품 같은 경우는 제작부터 판매까지 추적하기 쉽다.

　과거와 다르게 그걸 자기가 만들었다는 걸 증명하기도 쉽고 또 사진이나 동영상도 남길 수 있는 데다가 모든 게 전산화되어서 그 자료를 남기기 쉽다.

　"하지만 오래된 물건들은 아니지."

　당장 오래된 물건들은 추적이 쉽지 않다.

　더군다나 오래된 만큼 그 작품의 가격도 높아진다.

　"거기에다 현대에 와서는 그 작가의 가치에 그 작가의 인성도 들어가거든."

　가령 어떤 유명한 화가가 있다고 치자.

　그가 만일 아동성매매라도 하면 그는 인간쓰레기 취급받으며 그의 가치는 사정없이 떨어진다.

하지만 과거의 유명 작가들이야 인성을 검증할 방법이 없으니 가치는 불변이다.

"그리고 가끔은 작가 스스로가 작품을 부정하는 경우도 있고."

"자기가 만든 걸 부정한다고? 위작이 아니고?"

"어. 한국과 유럽은 그게 달라."

한국에서는 작가가 아무리 자기 작품이 아니라고 주장해도 자칭 전문가들이 네 거라고 주장하면 그 사람 작품이 된다.

하지만 유럽이나 미국에서는 작가가 그 작품의 가치를 부정해 버리면 그건 그냥 쓰레기가 된다.

물론 그런 경우가 흔하지는 않지만 말이다.

실제로 모 유명 작가의 작품이 뇌물 문제에 휩싸이자 해당 작가는 해당 작품을 부정하고 자신의 작품집에서 삭제하겠다고 발표했고, 그 작품은 아무런 가치가 없는 휴지 조각이 되어 버렸다.

"하지만 이런 작품들은 이미 그럴 작가가 없지."

보석, 미술품, 골동품 등의 가치를 부정할 사람은 없다.

"당연히 막 성장하면서 돈을 빼돌리고자 하는 중국 부자들이 눈이 뒤집어져서 달려들 만하지."

실제로 중국이 자본주의를 도입하고 부자들이 탄생하기 시작하면서 전 세계적으로 예술품의 가치는 어마어마하게 높아졌다.

"이걸 주요섭의 이름으로 밀수할 거야."

"그게 쉬울까? 쉽지 않을 텐데."

"쉽지 않을 테지."

노형진은 고개를 끄덕거렸다.

"그래서 밀수하는 거야. 이건 진짜 중국으로 넘어가야 하는 게 아니니까."

노형진은 씩 웃었다.

"나라를 위해 좋은 일 좀 해 보자고, 오 검사님. 후후후."

⚖

"뭐?"

주요섭은 방금 스위스 은행에서 온 연락에 정신이 아득해졌다.

"내…… 내…… 내 계좌…… 내 계좌가 모두 비었다고?"

―네. 전액 출금되었습니다.

상대방은 대수롭지 않은 듯 말했다.

"무슨 개소리야! 내 계좌가 왜 비어!"

―접속하셔서 출금하셨으니까요.

"장난해? 난 그런 적 없어! 난 그걸 출금한 적이……!"

―그건 저희도 잘 모르겠습니다만 정당한 로그인이었고 계좌 이체를 신청했기 때문에 저희는 진행한 것뿐입니다.

"너희들…… 무슨 개소리를 하는 거야! 너희도 이상하다고 생각하니까 전화한 거잖아!"

　ㅡ저희는 고객 관리 차원에서 전화드린 것일 뿐, 어떠한 책임도 없습니다.

　"야, 이 개새끼야!"

　소리를 버럭 지르는 주요섭.

　하지만 상대방은 매몰찼다. 그럴 수밖에 없다.

　그쪽은 전문가다.

　저쪽에서 출금하지 않았다고 주장하면 그때는 이쪽 아니면 저쪽이 책임지는 소송을 해야 한다.

　이상해서 전화한 것은 사실이나, 그렇다고 해서 자신들이 그걸 물어 줄 수는 없는 노릇.

　이럴 때 철칙은 모든 책임을 저쪽에게 묻는 것이다.

　만일 이쪽에서 '죄송합니다. 확인해 보겠습니다.'라는 말을 하는 순간 소송에 불리해진다는 것을 알기에 직원은 최대한 유리한 말만 했다.

　ㅡ로그인 방식도, 신호도 정상적이었습니다. 패스워드도 정확했고요. 그런 만큼 저희는 아무런 책임도 없습니다.

　"야, 이 씨발 새끼들아!"

　ㅡ관련 기록이 필요하시면 보내 드리도록 하겠습니다. 그러면 이만.

　다짜고짜 전화가 끊어지자 주요섭은 정신이 멍해졌다.

　자신이 스위스 계좌에 넣어 둔 돈은 수천억이다.

그런데 그게 다 출금되었다고 한다.

"뭔가 잘못되었어. 이건 말도 안 돼."

그는 이를 악물고 고개를 흔들었다.

하지만 그는 정신을 차릴 수가 없었다.

다급하게 울리는 전화벨 소리.

핸드폰 액정에 뜬 이름을 보고 주요섭은 소름이 돋았다.

다름 아닌 그가 거래하는 은행의 은행장이었으니까.

"뭔 일이야!"

─아이고, 사장님! 갑자기 전액을 빼내 가시다니요! 제가 무슨 잘못이라도 했습니까?

"뭐? 전액을 인출하다니? 그게 무슨 소리야?"

스위스 계좌에 비할 바 아니지만 그 은행에 넣어 둔 돈도 100억이 넘는 거액이다.

그런데 그게 인출되다니?

"지……금 내 돈이 모조리 인출되었다는 거야?"

─네? 방금 전액 인출해서 해외로 계좌 이체하셨잖습니까?

"그게 무슨……?"

주요섭은 다리가 휘청거렸다.

⚖

"은행은 총 서른네 곳을 돌았어요. 중국에서부터 러시아,

일본, 동남아, 중동, 미국, 유럽까지. 사실상 그걸 추적하려면 최소한 3개월은 걸릴 거예요."

각 나라에서 각각 영장을 받고 협조 요청을 해야 하니까.

"그리고 그 돈은?"

노형진은 그 돈을 가지고 갈 생각이 없다.

돈이 없는 것도 아니고, 추적당했을 때 재수 없게 걸릴 가능성을 감수할 생각은 없으니까.

"두한과 대동을 비롯한 주요 대기업 열세 곳과 정치인들에게 분산해서 입금시켰어요."

"잘했어."

노형진은 피식 웃었다.

"아마도 주요섭은 눈깔이 돌아가겠지."

그게 추적이 가능하다고 할지라도 주요섭은 그 돈을 찾아올 수가 없다.

개인에게 들어갔다면 소송을 하든 위협을 하든 찾아올 수 있겠지만, 대기업 열세 곳이다.

심지어 현직 대통령과 주요 당직자들, 그리고 국회의원들에게 그 돈을 분산해서 뿌려 버렸다.

"이러면 소송에서 이기는 건 불가능하지."

더군다나 그 돈을 달라고 하는 순간 그는 자신이 불법적으로 돈을 벌었다는 걸 인정해야 한다.

당연히 정부에서 그런 그를 가만둘 리가 없다.

"독한 새끼네."

주요섭이 아무리 로비를 해서 자기네 사람을 키워 놨다고 해도 대통령보다 높은 사람은 없다.

사실상 그는 자신을 보호해 줄 인맥을 한 방에 잃어버린 셈이다.

"애나머스라는 게 이렇게 무서운 건가? 그런데 비밀번호는 어떻게 안 거야? 그게 가능해?"

오광훈은 묘한 표정으로 말했다.

일반적으로는 고객이 원하는 번호를 비밀번호로 쓸 수 있지만 그렇게 하면 대부분 익숙한 번호를 쓰기에, 스위스 은행에서는 아예 비밀번호를 직접 부여하기 때문이다.

그것도 한 자리가 아니라 무려 '열여덟 자리'에 달하는 긴 번호를.

"그러고 보니 그게 궁금하네."

계좌를 찾아내고 그걸 추적한 건 이해가 간다.

하지만 그 비밀번호를 알아내는 것은 불가능하다.

더군다나 스위스 은행은 보안에 엄청 신경을 쓰는 은행이다. 아무리 뛰어난 해커라고 해도 그 시스템을 해킹할 수는 없다.

"음…… 저희가 해킹한 건 스위스 은행이 아니라 주요섭의 컴퓨터예요."

"주요섭의 컴퓨터?"

"네."

스위스 은행 서버를 직접 터는 것은 전문 해커들이 팀을 이뤄서 몇 달을 준비해도 될까 말까다.

"하지만 상대방 컴퓨터에 감시용 프로그램을 까는 건 쉽거든요."

스위스 은행의 계좌 번호는 금방 찾을 수 있었다.

문제는 컴퓨터 보안용 프로그램과 비밀번호.

영화처럼 컴퓨터가 자동으로 맞춰 주는 건 불가능하다.

열여덟 자리의 비밀번호, 그것도 영어까지 포함된 문자열을 배열해서 도입하면 경우의수가 터무니없이 늘어나는 데다가 몇 번 이상 비밀번호 입력에 오류가 나면 바로 차단되어 버리니까.

"하지만 주요섭의 컴퓨터는 아니죠."

어렵지 않게 모니터 감시용 프로그램을 깐 후에 주요섭의 핸드폰으로 스위스 은행에서 입금되었다는 문자를 보냈다.

당연히 주요섭은 이게 뭔가 하고 로그인을 했고.

"아……."

"개인 컴퓨터용 보안 프로그램이라는 게 깔려 있기는 하지만 사실 실력 있는 해커들에게 그 정도 보안 프로그램을 뚫고 들어가는 건 일도 아니고요."

그러니 비밀번호를 쉽게 알아낼 수 있었던 것.

"한국의 은행들은 스위스 계좌에 비하면 보안도 약하고."

애초에 한국의 은행들은 기본적으로 거래를 위해 잔여금을 넣어 두는 목적으로 쓰이는 경우가 많다 보니 돈을 인터넷으로 계좌 이체한다.

컴퓨터를 해킹해서 화면을 공유해 두면 그 이후에는 어렵지 않게 비밀번호를 알아낼 수 있었다.

"허, 무서워서 어디 돈 쓰겠냐?"

그렇게 단순하게 털릴 거라 생각하지 못한 오광훈의 긴 한숨.

"그러면 이제 어쩌냐? 이걸 이제 중국으로 보내야 하잖아."

"그렇지."

"그런데 어떻게 보내려고? 주요섭에게 보내 달라고 할 거야?"

"그럴 리가 있나?"

노형진은 어깨를 으쓱했다.

그랬다가는 주요섭이 눈치챌 거다.

"다행히도 주요섭은 이 세계에서 공포 그 자체거든. 그러니까 누군가 주요섭을 대신해서 배를 구하고 다닌다고 해도 그걸 신고하거나 확인할 사람은 없어."

설사 확인한다고 해도 주요섭에게 직접 전화해서 물어볼 사람은 없다.

"설사 하려고 해도 번호도 모를 테고."

이런 밀수를 주선해 주는 사람이 원하는 건 침묵이지, 안전한 거래가 아니다.

"밀수하는 놈들이 '우리 밀수합니다.' 하고 광고하고 다니진 않잖아."

"그러면?"

"너는 밀수범을 잡는 거지, 후후후. 그게 검찰의 일 아니겠어?"

"밀수?"

"그렇습니다. 정보가 들어왔습니다. 출처는 밝히지 못하지만 얼마 후에 중국으로 최소 천억대 이상의 밀수가 이루어질 겁니다."

"천억대? 그게 사실이야?"

"네, 확실합니다."

오광훈은 노형진의 조언대로 그 실적을 독식하는 대신에 자신을 견제하는 라이벌들에게 가지고 갔다.

독식하면 실적이 오를지도 모르지만 반대로 이걸 은폐하는 것도 쉬워진다.

하지만 아는 사람이 많아지면 주요섭의 세력이 은폐하는 것도 어려워진다.

"최소 천억대라 이거지."

부장검사는 오광훈의 말에 탐욕을 감추지 못했다.

그럴 수밖에 없다.

천억대 밀수를 잡으면 언론에서 대서특필할 테고 당연히 그는 더 높은 곳으로 갈 수 있다.

"그런데 왜 우리한테?"

그러면서도 그는 걱정스러운 표정이 되었다.

이미 세력화된 오광훈과 스타 검사들이 자신들에게 이런 걸 가지고 올 이유가 없어 보였으니까.

"우리는 검사 아닙니까? 개개인의 욕심보다는 더 큰 선을 위해 일해야지요. 무려 천억대입니다. 이게 최소입니다. 제가 얻은 정보로는 골동품이나 보석, 그림 같은 거라고 하니까 그 가치가 더 될 수도 있습니다. 원하시면 저는 빠지겠습니다. 확실하게 하기 위해서는 부장검사님이 전면에 나서는 게 훨씬 힘이 들어갈 겁니다."

"으음……."

"그런 밀수를 하는 놈들이 누군지 모르지만 우리 수사관 몇 명 보내서 항복하라고 하는 것만으로 순순히 잡힐 놈들은 아닐 테죠."

"그건 그렇겠군."

어쩌면, 아니 안전을 위해서는 확실하게 경찰 특공대도 배치해야 한다.

수십억짜리 밀수에도 칼과 총이 튀어나오는데 천억대라면 저쪽이 소총으로 무장했을 수도 있는 일이다.

공식적으로 대한민국은 총기 안전국이지만 과거 만민구원

파 사건 이후에 그러한 개념은 확실히 약해졌다.

일개 사이비 교단 하나가 대전차미사일과 지대공미사일까지 가지고 있었다.

그 말은 어딘가에 총기 밀수 조직이 있다는 소리다.

다만 총기를 쓰면 정부에서 경찰뿐만 아니라 군을 동원해서 토벌할 테니 못 쓸 뿐이다.

"알겠네. 우리가 확실하게 준비를 하지. 그래, 밀수하는 장소는?"

부장검사의 말에 오광훈은 살짝 미소 지었다.

'역시 이 욕심 많은 새끼가 이런 걸 놓칠 리가 없지.'

더군다나 원한다면 자신은 빠져 준다고까지 했으니 그 공적을 독식할 수도 있을 거라 생각할 것이다.

그러니 미끼를 안 물 수가 없었으리라.

"출발지는 확실하지 않습니다. 중국 쪽에서 넘어온 정보라서요. 그쪽에서는 공해상에서 만나서 물건을 넘겨받기로 했답니다."

"그래? 그렇단 말이지?"

"네."

"좋아, 그러면 우리가 나서도록 하지."

공해상이라는 게 좀 문제가 되기는 하지만 중국 영해만 가지 않는다면 잡아서 밀수품을 검문하는 것은 어려운 일이 아니다.

나포라는 것도 있으니 말이다.

"잘 부탁드립니다."

오광훈은 부장검사에게 미소를 지으며 말했고, 부장검사는 어떻게 해야 오광훈을 이번 사건에서 빼 버릴 수 있을까 머리를 굴리기 시작했다.

⚖️

컴컴한 새벽.

한국과 가까운 공해상에서 몇 척의 배들이 만나서 짐을 나르고 있었다.

"그러면 이거 가지고 바로 돌아가세요. 항구에서 이미 접선책이 기다리고 있을 겁니다. 그리고 알겠지만……."

한국 쪽에서 온 밀수업자는 눈에 불을 켜며 말했다.

"허튼짓하면 뒤끝이 좋지 않을 겁니다."

혹시나 이걸 가지고 도망가면 찾아가서 죽여 버리겠다는 소리였다.

그게 무슨 소리인지 모를 리가 없는 중국 쪽 밀수업자는 고개를 끄덕거렸다.

"가자고."

한국 쪽 밀수업자의 배가 멀어지자 중국 쪽 배 역시 천천히 뱃머리를 돌려서 중국으로 돌아가기 시작했다.

"이 물건들이 뭘까요?"

"나도 모르지."

밀수를 하기는 하지만 그 내용물에 대해 궁금해한 적은 없다. 심지어 원한다면 사람도 태워서 보내니 꼭꼭 포장된 물건 따위는 관심도 없었다.

"너도 잘 알아 둬. 이쪽에서 일을 하려면 그 안에서 비명소리가 흘러나와도 신경 끄는 게 좋아. 쓸데없는 의협심을 부려 봐야 결국 날아가는 건 모가지야."

물론 욕심이 전혀 나지 않는 것은 아니다.

하지만 선장은 안다, 이걸 들고튀는 순간 자신들의 목에는 현상금이 걸린다는 걸.

그들뿐만이 아니다.

그들의 부모와 형제자매, 친척까지 모조리 걸린다.

전부 살해당하기 싫으면 쓸데없는 욕심은 부리지 말아야한다.

"네."

선원 한 명은 침을 꿀꺽 삼키면서 고개를 끄덕거렸다.

"어서 가자고. 해안에 짐 내려 주고 다시 항구로 가려면시간이 별로 없어."

그들은 최대속력으로 중국 쪽으로 향했다.

하지만 그들이 그렇게 출발한 지 채 20분도 지나지 않아저 멀리서 사이렌 소리가 들려오기 시작했다.

"어? 뭐지?"

그들은 당황했다.

갑작스러운 사이렌 소리가 뜻하는 건 하나뿐이니까.

"어떻게 된 거야? 어? 이 시간에 어떻게 한국 경찰이 오느냐고!"

거의 근무를 하지 않는 새벽이다.

더군다나 불 하나만 켜도 멀리서도 보이는 밤이다.

그런데 생각보다 가까이에서 갑자기 튀어나온 한국의 경비정.

"걸렸다! 최대속력으로 달려!"

어떻게 해서든 중국 영해로만 들어간다면 한국 해군은 따라오지 못한다는 생각에 배들이 속도를 최대한으로 내기 시작했지만, 애초에 방향을 알고 있는 상황에서 그들을 놓친다는 것은 말도 안 되는 소리였다.

"젠장!"

뒤쪽뿐만 아니라 앞쪽에서도 나타난 경비정을 보고 선장들은 이를 악물었다.

황급하게 방향을 돌렸지만 아무리 노력해도 민간 선박이 군용 선박을 떨칠 수는 없었다.

"정선하라! 정선하라!"

추적하는 선박들. 그리고 옆으로 튀기는 물기둥.

"정선하지 않으면 사격하겠다!"

농담이 아니라 실제로 몇 발의 총알이 날아와서 밀수선 옆에서 물기둥이 높이 솟아오르게 했다.

그걸 본 신입은 얼굴이 새파랗게 변했다.

"서…… 선장님! 어떻게 해요! 당장 멈춰야 해요!"

그는 한국 경찰에 대해 잘 몰랐다.

그래서 중국 경찰을 기준으로 생각했는데, 중국 경찰은 저항하면 사살하는 게 당연한 집단이라 그는 다리가 풀려서 벌벌 떨었다.

"걱정하지 마! 한국 놈들은 절대 총 못 쏴! 우리는 민간 선박이야!"

선장은 그래도 나름 한국에 대해 알기에 민간 선박에 총을 쏘지 못하리라 믿고 무조건 앞으로 내달렸다.

실제로 몇 번의 경고사격이 날아오기는 했지만 그마저도 터무니없는 거리에서 물기둥만 올릴 뿐 접근하는 탄환은 없었다.

"방향만 틀 수 있다면……."

하지만 경비정 역시 그걸 알기에 집요하게 중국으로 방향을 트는 것을 방해했다.

그리고 어느 정도 도망갔을 때 한국 경찰은 다른 방법을 이용했다.

쿵!

"으아아악!"

커다란 경비정이 다가와서 충격을 주자 선원들이 비명을 질렀다.

"저런 미친 새끼!"

총은 쏘지 못하지만 배와 배를 충돌시켜서 충격은 줄 수 있다. 그리고 강철로 된 배가 부딪쳐 오면 당연히 목조로 된 중국산 화물선들은 큰 충격을 받을 수밖에 없다.

"서…… 선장님……."

상황이 이렇게 된다면 아무리 그들이 노력해도 도망가는 건 불가능하다.

진짜 작심하고 뒤에서 박아 버리면 모터가 작살날 테니까.

"멈추자."

선장은 눈을 찌푸렸다. 방법이 없었다.

"하지만……."

"하지만이 아니라…… 차라리 다행이라 생각하자."

한국의 교도소는 중국의 교도소에 비하면 편하다.

처벌 기간도 짧다.

"길어야 3년일 거다."

하지만 중국 해군이나 중국 해양경찰에 걸렸다면 운이 좋아도 최소 5년 이상 지옥에 있어야 한다.

아니, 진짜 운이 나쁘면 자신들은 모조리 수장되고 밀수품은 그들이 빼돌릴 수도 있다.

"시동 꺼."

선장은 눈을 찌푸렸고, 조타수는 어쩔 수 없다는 듯 배의 시동을 끌 수밖에 없었다.

─얼마 전 중국으로 넘어가는 바다에서 두 척의 중국 밀수 선박이 나포되었습니다. 그 안에서는 시가 8천억 상당의 밀수품이 발견되었으며……

뉴스를 보면서 오광훈은 입맛을 쩝쩝 다셨다.

"아깝다. 이거 큰 건인데."

정부에서 측정한 가격은 무려 8천억.

당연하다. 정부 입장에서는 정가를 따질 테니까.

"부장 새끼, 요즘 아주 입이 귀에 걸렸어. 무려 8천억이라니, 조금만 더했으면 1조 수준이잖아. 역대 최고 밀수라고."

"그래서, 못 가서 아쉬워?"

"아쉽지."

결국 오광훈은 정보를 물어다 주고도 철저하게 배제당했다.

엉뚱하게도 그날 전혀 다른 일에 강제로 배정당한 것이다.

당연히 그 실적은 부장이 모조리 꿀꺽했다.

"좋게 생각해. 최소한 편해지기는 했잖아."

"그건 그렇지. 그런데 그러면 저 물건들은 어떻게 되는 거야?"

"정부에 압수되겠지."

어마어마한 양의 밀수품. 그것도 역사적 예술품들이다.

"원래 그런 밀수품은 소각이 기본이거든."

농수산물이나 공산품은 소각이 기본이다.

하지만 거기에 있는 물건들은 그럴 수가 없다.

하나하나가 역사를 담고 있는 물품들이니까.

만일 한국 정부에서 소각하면 원래 소유했던 나라에서 게거품을 물며 항의할 게 뻔하다.

"그러면 공매해서 세금으로 들어가는 거지."

그리고 무려 8천억이 세금으로 들어올 테니 부장검사는 인생 피는 것이다.

"호종그룹에서 달라고 하지 않을까?"

"달라고 할 수가 없지. 그랬다가는 자기들이 밀수했다는 걸 인정하는 꼴이니까."

호종그룹에서 이미 그걸 밀수해서 들여왔었다.

그나마 간신히 그때 막았는데 이걸 달라고 하는 순간 호종그룹은 심각한 타격을 입을 수밖에 없다.

"이제 남은 건 호종그룹이 주요섭을 족치는 걸 구경하는 것뿐이야."

"하지만 주요섭이 관련된 걸 그들은 모를 텐데?"

주요섭은 이번 일에 대해 전혀 모른다.

애초에 보내는 것도 노형진이 주도를 했다.

물론 진짜로 중국에 팔 생각은 없었으니 당연히 잡히도록 설계했지만 말이다.

"모르겠지. 하지만 통화 추적은 기본 아냐?"

"통화 추적?"

"그래."

"그런다고 나오겠어?"

추적이 수사의 기본이기는 하지만 그렇다고 해서 통화 추적이 주요섭과 연결되는 것은 아니다.

"일반적으로는 그렇지. 하지만 쌍둥이 폰이라면 이야기가 달라지지."

"쌍둥이 폰?"

"그래, 일명 쌍둥이 폰, 그러니까 복제폰 말이야."

복제폰이란 기술적으로 시스템을 해킹해서 원본 핸드폰과 완벽하게 똑같이 작동하게 하는 폰을 말한다.

원본에 문자가 오면 이쪽에도 문자가 오고, 이쪽에서 전화를 하면 원본의 전화번호가 뜬다.

"보통 불륜 감시용으로 쓰지."

쌍둥이 폰은 감시용으로 쓰기에는 적당하지만 계속 쓸 수는 없다.

"설마?"

"설마가 아니라 맞아. 주요섭의 폰을 복제했지. 애나머스 정도 되면 그걸 해킹하는 건 어려운 일이 아니니까."

그리고 그걸 가지고 밀수업자를 불렀다.

그러니 검찰이 수사를 하기 시작하면 당연히 주요섭이 나올 것이다.

물론 쌍둥이 폰은 나중에 조사하면 드러날 수밖에 없다.

동시에 기지국 두 곳에서 반응한 기록이 나오니까.

하지만 노형진은 그걸 막기 위해 주요섭이 있던 장소에서만 따라다니면서 통화를 하도록 했다.

당연히 기지국이 같을 테고, 그러면 주요섭은 의심에서 벗어날 수가 없다.

"지금쯤 슬슬 정보가 호종그룹에 들어가고 있겠지."

그리고 그게 노형진이 노리는 바였다.

⚖️

쾅!

호종그룹의 회장인 조병호의 손은 부들부들 떨리고 있었다.

호종그룹은 대한민국의 대기업이고, 다른 대기업과 마찬가지로 상당한 인맥과 정보 라인을 곳곳에 심어 두고 있었다.

그리고 이번에 난리가 난 밀수품 사건의 경우 그 안에서 발견된 물건의 목록을 얻는 것은 어려운 일이 아니었다.

"이게 그놈이 팔려고 한 거라고?"

"그렇습니다, 회장님."

그 목록은 다름 아닌 그가 잃어버렸던, 아니 털렸던 물건들이다.

"주요섭? 이 새끼는 뭐야? 뭔데 감히 날 털어 먹어?"

"조사 결과 뒤쪽 세계에서 상당히 큰손으로 알려져 있습니다."

"뒤쪽 세계?"

"그렇습니다. 정보에 따르면 그는 어둠의 세계에 속해 있으며 살인도 불사하는 놈이라고 합니다."

뒤쪽 세계라는 것. 그 말은 그에게 강도질을 할 만한 능력과 경험이 있다는 것을 의미한다.

이 말을 들은 조병호는 분노하기보다 허탈해졌다.

"허, 그 당시에 내가 좀 복잡스럽기는 했다만, 그렇다고 감히 그딴 쓰레기 자식이 나를 털어?"

텅 비어 버린 비밀 창고를 보면서 그가 얼마나 허망했던가.

그룹에서 힘들게 빼돌린 돈, 그리고 탈세를 하기 위해 힘들게 구입한 물건들.

그 모든 게 한꺼번에 사라지자 그는 충격으로 병원에 2개월이나 입원해야 했다.

그 범인을 아직 못 잡았는데 난데없이 튀어나왔다.

"정보에 따르면 우리가 계속 물건을 찾으니 한국에서는 판매자를 찾지 못해 결국 중국으로 빼돌리려 했던 듯합니다."

"중국으로?"

"네, 지금 중국에서는 이러한 골동품들이 고가에 판매되고 있습니다. 중국 부자들은 밀수니 장물이니 하는 것에 크게 개의치 않는 사람들입니다."

중요한 건 자신이 재산을 은닉할 수 있느냐, 자신을 내세울 수 있느냐다.

설사 외국에서 잃어버린 사람들이 찾아와서 돌려 달라고 소송을 걸어도 중국 정부에서 그걸 돌려주라고 판결을 내릴 이유가 없기 때문에, 중국은 전 세계 장물들을 미친 듯이 빨아들이고 있는 중이었다.

"어이가 없군."

너무 어이가 없어 화도 나지 않는 느낌이었다.

"그래서 검찰 쪽은 뭐래?"

"그게……."

부하는 입술을 깨물었다. 그리고 조심스럽게 입을 열었다.

"아무래도 일이 너무 커졌답니다. 반환하기에는 너무 많이 알려졌다고."

"뭐?"

"공매를 통해 싸게 구입할 수 있도록 도와드릴 수는 있지만……."

이건 돌려줄 수가 없다.

아예 걸리지 않았다면 모를까, 인터넷에 자세한 물품까지 뿌려진 상황에서 그게 호종그룹으로 넘어갔다는 사실이 알려지면 더 심각한 역풍이 불 테니까.

"이런 개 같은 경우도 다 있군."

쉽게 말해서 그가 몇 년간 빼돌린 돈이 그대로 정부의 계좌로 들어간다는 소리다.

"그런데⋯⋯."

"그런데?"

"비교해 본 결과 몇 개가 빕니다."

"몇 개가 빈다고?"

조병호는 고개를 번쩍 들었다.

"네. 이번에 밀수로 넘어간 것들은 그림이나 항아리, 골동품같이 처분이 곤란한 것들 위주입니다. 지금 기록을 비교해 본 결과 보석류같이 작고 융통이 쉬운 건 없습니다."

조병호는 조금의 여유를 되찾았다.

애초에 그러한 덩치 큰 물건보다는 보석류가 더 돈이 된다.

그리고 그게 경찰과 검찰의 손에 들어가지 않았다면, 남은 것은 하나뿐이다.

아직 주요섭의 손에 있다는 것.

"주요섭 그 새끼, 잡아 와."

조병호는 간단하게 말했다.

"어떻게 해서든 그 새끼를 잡아 와!"

"네, 알겠습니다."

부하는 고개를 팍 숙였고 조병호는 이를 빠드득 갈았다.

"그 돈이 어디로 갔는지 알 수 없다는 게 말이나 되느냐고!"

주요섭은 자신의 계좌에서 빠져나간 돈을 어떻게 해서든 찾기 위해 혈안이 되어 있었다.

그는 밀수 혐의가 자신에게 뒤집어씌워진 것도 모른 채로 오로지 털린 돈을 찾는 데에만 촉각을 곤두세우고 있었다.

─하지만 고객님, 해당 정보는 달라고 해서 마음대로 드릴 수 있는 게 아닙니다.

"그건 내 돈이라고!"

─정식으로 수사 결과를 가지고 와서 재판을 걸어 주시면 저희가 정보를 드릴 수 있습니다만, 현 상황에서 그 돈이 어디로 갔는지 알려 드릴 수는 없습니다.

"이런 씨발!"

스위스 은행에서 어디로 갔는지 추적하는 것은 어려운 일이 아니었다.

일단 그가 계좌의 주인이니 출금 기록만 뽑아 보면 된다.

문제는 그 이후였다.

첫 번째로 넘어간 곳은 다름 아닌 솔로몬제도.

스위스와 마찬가지로 세계의 구린 돈이 흘러들어 가는 장소 중 한 곳이다.

당연히 그곳은 이러한 정보를 절대 공개하지 않는다.

여러 국가의 정부, 심지어 미 정부가 요구해도 가뿐하게 씹어 버리는 게 그들이다.

그런데 영장도 없고 공권력도 없는 주요섭이 전화를 해서 물어본다고 한들 그 돈이 어디로 흘러들어 갔는지 알려 줄 리가 없다.

"젠장!"

주요섭은 들고 있던 핸드폰을 내동댕이쳤다.

이런 상황을 어떻게 해결해야 할지 도무지 감이 안 잡혔다.

"이거 경찰에 신고하시는 게……."

"신고? 신고? 장난해? 이거 신고하면? 그 이후는? 경찰이 그 돈을 어디서 벌었는지 안 물어볼 것 같아? 어?"

신고한다고 해서 해결할 수 있는 사건이 아니다.

그러니 주요섭 입장에서는 미치고 팔짝 뛸 수밖에 없었다.

그때 문이 벌컥 열리더니 부하 한 명이 뛰어들어 왔다.

"주 사장님, 큰일 났습니다!"

주요섭은 어리둥절한 표정으로 그를 쳐다보았다.

"큰일이라니?"

"우리 비밀 금고를 개봉한다고 경찰과 검찰이 들이닥쳤답니다!"

"뭐?"

주요섭은 정신이 아찔했다.

그의 비밀 금고, 즉 대여금고에는 그의 남은 재산이 모조리 들어 있다.

당연히 그걸 열게 둘 수는 없다.

"검찰이 우리를 특정해서 조사를 하고 있답니다!"

"특정? 무슨 특정?"

전혀 생각지도 못한 말에 주요섭은 이해가 가지 않았다.

"그, 얼마 전에 터진 8천억 단위의 밀수 사건 말입니다."

"그래서?"

"거기서 사장님의 통화 기록이 나왔답니다."

"뭐?"

주요섭은 그 말이 이해가 가지 않았다.

그는 밀수를 한 적이 없다.

밀수를 할 필요조차 없다.

8천억대 밀수? 그건 불가능하다.

그는 이미 돈을 털렸다. 또한 애초에 그의 전 재산은 8천억이 안 된다. 그런데 밀수라니?

"그게 무슨 소리야!"

"지금 검찰 쪽에서 연락이 왔습니다. 방금 영장 나왔다고, 바로 집행하러 은행으로 갔답니다."

"안 돼!"

그 안에는 돈만 있는 게 아니다.

그에게 뇌물을 받은 사람이나 그가 준 뇌물에 대한 기록도 들어 있다.

대여금고는 절대로 열려서는 안 되는 공간이다.

"그럴 수는 없어! 어떻게 해서든 막아!"

평소라면 영장이 청구되는 순간에 연락이 왔을 테고 그의 힘으로 어떻게 해서든 막을 수 있었을 것이다.

하지만 상황이 묘하게 돌아가기 시작했다.

"그…… 그게, 불가능하답니다. 경찰청장하고 대법원장에게서 동시에 영장을 허락하라고 담당 판사에게 압력이 내려왔다고……."

"뭐?"

그가 꽤 높은 선까지 관리를 하고 있기는 하지만 한계는 분명 있다. 그러니 영장 청구를 무조건 막을 수는 없었다.

영장 정보를 줄 수는 있겠지만 그걸 막는 순간 자신의 인생도 끝이니, 주요섭에게 로비받은 판사가 해 줄 수 있는 건 경고뿐이었다.

"당장 차에 시동 걸어! 당장!"

주요섭의 머릿속에서는 최악의 상황이 그려지고 있었고 그 때문에 마음은 그 어느 때보다 급했지만, 세상은 마치 슬로비디오처럼 천천히 흘러가는 듯했다.

⚖️

경찰청장과 대법원장을 움직인 건 다름 아닌 호종그룹이

었다.

오광훈이 해당 영장을 청구하자 30분 만에 나왔다.

당연히 오광훈은 사람들을 데리고 은행으로 달려갔다.

그 사실을 모르는 주요섭은 그저 다급한 마음에 은행으로
향했다.

"어떻게 해서든 막아야 해! 은행으로 빨리!"

중요한 건 언제 찾을 수 있을지 모를 돈이 아니다.

빨리 가서 금고에 있는 걸 빼돌려야 했다.

"빨리 달려! 빨리!"

주요섭은 신호고 뭐고 무시하고 은행으로 내달렸다.

그러나 그가 도착했을 때 이미 오광훈은 은행장에게 영장
을 내밀고 있었다.

"압수수색영장입니다."

"안 돼!"

"주…… 주 사장님."

주요섭을 본 은행장은 사색이 되었다.

만일 그가 조금만 일찍 왔다면 어떻게 해서든 금고를 빼돌
렸을 것이다.

하지만 간발의 시간 차로 늦어졌다.

"오, 주요섭 씨. 안 그래도 당신 금고에 대한 조사를 시작
하려고 했는데. 직접 열어 주시지요."

"너 뭐야! 너 죽으려고 환장했어! 어! 환장했냐고! 너 내가

누군지 알아!"

"알지요, 주요섭 씨. 설마 모르고 당신에게 영장을 청구했을까 봐?"

오광훈은 싱글거리면서 웃었다.

"과연 청부 살인이 몇 건이나 나올지 궁금하네. 아, 청부 살인은 살인과 동일하게 처벌하는 거 아시죠? 이야, **빼박** 사형이네, 사형."

"너…… 너……."

주요섭의 눈동자가 심하게 흔들렸다.

자신에 대해 아는 검사가 있을 거라고는 생각하지 못했기 때문이다.

"멈춰! 멈추라고!"

"누구보고 멈추라 마라야!"

주요섭은 어떻게든 멈추고 싶어 했지만 오광훈은 멈출 생각이 없었다.

"주요섭 씨의 대여금고 두 건에 대한 영장 집행하겠습니다. 만일 여기서 방해하면 바로 제압하겠습니다."

오광훈은 주요섭이 달려올 걸 예상했기 때문이 이미 전투 경찰들을 배치한 후였다.

당연히 주요섭 일당에게는 그들을 막을 힘이 없었다.

하지만 그렇다고 해서 주요섭이 이상함을 느끼지 못한 것은 아니었다.

"두 건이라니?"

"기록에 따르면 주요섭 씨는 두 개의 대여금고를 가지고 계시더군요. 직접 열어 주시겠습니까?"

주요섭을 보면서 이죽거리는 오광훈.

하지만 주요섭은 손을 부들부들 떨 뿐, 움직이지 않았다.

"그렇다면 어쩔 수 없지요. 개봉해!"

결국 은행장은 어쩔 수 없이 앞으로 나서서 마스터 카드와 여분의 열쇠로 두 개의 금고를 열었다.

한쪽에서 쏟아지는 엄청난 양의 무기명채권과 돈, 그리고 제법 두툼한 장부와 비밀이 가득 들었을 것 같은 외장 하드.

"아이고, 많기도 하다."

오광훈은 그렇게 말하면서 다른 금고로 시선을 돌렸다.

그리고 그 안에서 화려한 목걸이 하나를 꺼내 들었다.

"이것에 대해 설명을 좀 해 주셔야 할 것 같은데……."

하지만 오광훈이 아까 주요섭이 있던 자리를 돌아봤을 때, 주요섭은 그 자리에 없었다.

그걸 본 오광훈은 당황하는 대신에 피식 웃고는 수사관을 불렀다.

"이거 모두 증거 사진 찍고 바로 위로 보고 올려요."

"네, 알겠습니다."

"하나도 빠짐없이 올려야 합니다. 알았지요?"

"조병호가 난리가 났다고 하더군."

노형진은 오광훈이 가지고 온 기록을 보면서 느긋하게 말했다.

"네가 찍어서 보낸 사진이 채 30분도 안 되어서 그의 손에 들어간 모양이야."

그리고 조병호는 그 보석들이 자신이 감췄던 그 보석이라는 걸 어렵지 않게 알아봤다.

"당장 주요섭을 죽이려고 호종그룹 전체가 움직이고 있어."

"그 망할 새끼가 이렇게 훅 가네."

IT 쪽은 전혀 신경 쓰지 않은 덕분에 그는 간단한 해킹 몇 번에 말 그대로 바닥으로 떨어지고 있었다.

"이제는 네가 움직일 차례야."

"나?"

"지금 주요섭은 밀수와 수십 건의 살인으로 뉴스에 나가고 있어. 사실상 외부에서 보면 그는 재기가 불가능하지."

"그렇지."

고개를 끄덕거리는 오광훈.

대여 금고에 들어 있던 비밀 장부에는 그냥 돈만 준 기록만 있는 게 아니었다.

언제 어디서 누구를 죽이라고 했고 그 대가로 뭘 지급했는지까지 적혀 있었다.

"하지만 그의 돈이 아직 마른 건 아니지."

"아직도 다 마른 게 아니라고?"

"그에게 빚을 진 사람들이 있잖아. 애초에 그 문제로 시작한 일이야."

주요섭은 한국의 비밀 도박장의 쩐주다.

그는 존재하지도 않는 돈으로 그렇게 빚을 만들어서 강탈을 해 왔고, 그 때문에 얼마나 많은 사람들이 고통 받고 있는지 누구도 알지 못한다.

"현재 주요섭은 부하를 부릴 수도 없어. 부하들도 다급하게 도망치기 바쁘지. 그렇다면 빚쟁이들은 어떨까?"

"아하!"

법적으로 도박 빚은 갚을 필요가 없는 돈이다.

하지만 지금까지 주요섭은 그걸 강제로 빼앗았다.

"지금 검찰은 주요섭의 도박장 개설 및 쩐주에 관한 언급은 하지 않고 있어."

주요섭이 입을 열지 않고 있으니까.

"하지만 네가 기자회견을 하는 건 어렵지 않지."

주요섭은 끝났다.

돈이 떨어졌고 인맥도 끊어졌다. 사회적으로 완전히 고립되었다.

노형진의 말대로 그는 사회에서 완전히 떨어져 나갔고, 조폭들의 특성상 아무것도 해 줄 수 없는 그에게 충성을 바칠 인간은 없다.

"네가 여기서 기자회견을 해서 도박장 개설 사실을 폭로하는 거지. 그리고 사람들에게 말하는 거야. 도박장에서 빌린 돈은 갚을 필요가 없다고 말이야. 만일 **빼앗긴** 돈이 있다면 돌려받을 수도 있지."

그러면 사람들은 어떻게 할까?

실제로 도박으로 **빼앗긴** 돈은 돌려받을 수 있다.

물론 강원랜드 같은 곳이 아닌 사설 도박장 기준이지만 말이다.

"물론 도박으로 처벌을 받을 수도 있지만, 자수라는 점을 감안하면 대부분 벌금 아니면 집행유예로 끝날 거야."

그 대신에 자발적으로 신고한 사람들은 **빼앗긴** 돈을 수억에서 수천억씩 돌려받을 수 있다.

설사 당장은 받지 못하더라도 노형진이 민사소송을 통해 주요섭의 남은 재산을 모조리 묶어 버릴 수 있다.

"부하들이 그걸 막을 리가 없고."

부하들이 공포를 조장하는 건 그게 자기들에게 이익이 되기 때문이다.

공포를 조장하기 위해 살인을 시킨다 해도 결국 그에 맞는 보상, 그러니까 돈을 주기 때문에 하는 것이다.

그런데 이제 주요섭은 돈을 줄 수가 없다.

돈도 없을뿐더러 모든 돈은 추적받으며, 심지어 명령도 내릴 수 없다.

"그리고 그가 한 짓이 있으니 빼박 사형이지."

한국은 실질적인 사형 폐지국이기 때문에 사형집행이 안 되고 있을 뿐이지 사형선고가 없는 건 아니다.

당연히 그는 영원히 감옥에서 나오지 못한다.

"누가 그를 위해 목숨을 걸겠어?"

주요섭은 끝났다.

"죽지는 않겠지?"

"죽지는 않겠지."

노형진은 어깨를 으쓱하며 말했다.

"하지만 죽고 싶을걸."

⚖️

모든 것을 잃어버린 주요섭. 그는 감옥에 있었다.

재산도 부하도, 모든 게 사라졌다.

털려 버린 돈을 찾을 수도 없었고 죄는 모조리 증명되었으며 그에게 뇌물을 받았던 사람들은 모조리 처벌받았다.

그는 사형수로서 그냥 감옥에서 평생을 썩어야 했다.

하지만 그의 고난은 아직 끝난 것이 아니었다.

"기…… 김 변호사? 이 사람 누구야? 어?"

자신을 찾아온 사람. 그는 다름 아닌 김 변호사였다.

이제는 돈이 없어서 선임된 국선변호인.

그리고 그와 함께 들어온 건장한 두 사내.

"저는 잘……."

김 변호사는 슬쩍 시선을 돌렸다.

"주요섭이, 우리 이렇게 만나니까 반갑네?"

주요섭이 겁을 먹는 이유는 간단했다.

함께 온 덩치의 질이 매우 안 좋아 보였으니까.

아니, 질이 문제가 아니었다.

그는 주요섭을 보자마자 징이 박혀 있는 장갑을 꺼내서 손에 끼고 있었다.

"잡아."

"자…… 잠깐! 뭐 하는 짓이야! 김 변! 김 변!"

김 변호사를 애타게 찾는 주요섭.

하지만 김 변호사는 그를 바라보지 못하고 그저 고개를 돌릴 뿐이었다.

그러는 사이 한 명이 뒤로 와서 그의 팔을 뒤로 잡았다.

당연히 주요섭은 도망갈 수 없는 완벽하게 고정된 자세가 되었다.

"간수! 간수!"

주요섭은 공포감에 간수를 불렀다.

변호사와의 교섭에 간수가 동석할 수는 없지만 이 교섭실 바깥에서 대기하고 있는 사람이 있기 때문이다.

하지만 어째서인지 바깥에서는 아무도 들어오지 않았다.

"회장님께서는 네놈이 뭔가 남겨 놨을 거라고 생각하시거든?"

남자는 징이 박혀 있는 장갑을 당겨서 손에 밀착시키더니 그대로 주요섭의 배에 틀어박았다.

"끄어……억…….."

너무나 큰 고통에 비명조차 제대로 지르지 못하고 그는 입에서 침을 질질 흘리기 시작했다.

"자, 우리 진지한 대화를 나눠 보자고. 시간은 넘치니까 말이야. 하지만 남은 인생 내내 버틸 생각은 없기 바라."

공포로 가득 찬 주요섭의 얼굴. 그의 입에 재갈이 물렸다.

"일단 오늘은 가볍게 인사를 하고 갈게."

잠시 후 변호사의 접견실에서는 퍽퍽 소리가 들리기 시작했지만 누구도 관심을 가지지 않았다.

그렇게 주요섭의 여생의 첫날이 시작되고 있었다.

소 잃고 외양간 고치기?

고연미 변호사는 머리를 부여잡았다.

자신이 속해 있던 소속사의 사장 때문이었다.

사이가 안 좋아서?

그런 게 아니었다.

그는 나름 좋은 사람이었고, 자신이 계약을 해지하고자 할 때 분명 계약 기간이 남아 있었지만 별말하지 않고 동의해 주었다.

물론 컴백하면 무조건 자기들에게 돌아오라는 조건을 달기는 했지만.

어찌 되었건 좋은 사람이기에 좋은 관계를 이어 가고 있었는데, 좋은 사람인 것과 능력 있는 사람인 것은 전혀 다른 문제다.

"사장님, 아니 무슨 사고를 이렇게 크게 치셨어요?"

"아니, 난 이렇게 될 줄 모르고……."

"이렇게 될 줄 모르다니요. 사장님이 연예 기획사 사장인데 이런 걸 모르시면 어떻게 해요?"

"미안……."

"제가 아니라 클로버에게 미안해하셔야지요. 지금 그 애들이 얼마나 멘붕 상태겠어요?"

"그러니까 내가 너를 찾아왔지. 어떻게 안 되겠냐?"

"아, 미치겠네. 이건 제가 할 수 있는 게 하나도 없는데……."

"나도 이럴 줄은 몰랐지."

"아이고, 사장님. 진짜 전문 경영인을 쓰시라고 몇 번을 말씀드렸어요?"

새론에서 전문 경영인 제도와 경영 지원 시스템을 만든 후 고연미는 몇 번이나 그걸 쓰라고 전 사장에게 말했다.

사람은 좋을지 몰라도 그는 사업을 하는 데 있어서 능력이 출중한 건 아니었기 때문이다.

그런데 괜찮다고 하더니 결국 초대형 사고를 치고 말았다.

"이거 못 이기냐?"

"법적으로는 이기겠죠. 그런데 이거 이긴 이후에는요? 클로버는요? 클로버가 제대로 복귀할 수 있을 거라고 생각하세요?"

"……."

사장은 아무런 말도 못 했다.

클로버. 회사에서 론칭 한 4인조 걸 그룹이다.

그동안 그저 그런 성적만 거두던 회사에서 처음으로 내놓은, 무려 5주 연속 인기 차트 1위를 달성한 제대로 성공한 걸 그룹이었다.

총 네 명이고, 그래서 '클로버'라는 이름을 붙였다고 한다.

네 잎 클로버는 행운의 상징이니까.

"아, 이거 어쩌지?"

문제는 그녀들에 대해 생긴 황당한 소문 때문이었다.

리더인 규연이 낙태를 했다는 말도 안 되는 헛소리.

그리고 그 헛소리가 문제였다.

애초에 그런 말도 안 되는 소문이 생긴 이유, 그건 너무나 뻔했다.

"미치겠네."

클로버가 성 상납을 거부하자 갑자기 나타난 헛소문.

그 배후가 누구인지는 뻔하기에 반격을 하기 위해 준비했다.

그리고 모든 자료를 준비했는데 언론이 움직이지 않았다.

"제대로 반격했어야지요!"

"아니, 난 역풍을 노리고……."

"역풍요?"

"그래, 확실하게……."

가장 큰 실수는 처음부터 그러한 소문에 대한 반격을 하지 않았다는 것이다.

소문 자체에 대해서는 제대로 반격도 하지 않고 관련된 증거만 모아서 그 소문을 낸 것이 누구인지만 입증해서 반격하려고 했다는 것.

"한국에 역풍이 어디 있어요!"

고연미는 화가 난 듯 소리 질렀다.

그런 게 있으면 한국이 그렇게 더러운 나라가 되지는 않았을 것이다.

"아, 미치겠네."

고연미는 후배 그룹인 클로버가 불쌍했다.

1위의 자리에 올라가서 이제 꽃길만 걸으면 된다고 생각했을 텐데 난데없이 낙태 소문이라니.

이제 와서 부정해 봐야 소문이 너무 퍼져서 제대로 통제도 되지 않는 상황이다.

"나도 미치겠어. 하루하루 피가 말라 간다. 나야 그렇다고 쳐도 그 애들은 무슨 죄냐? 거기에다 그 애들 중 두 명은 아직 미성년자야."

"그러니까 제가 죽겠다고요! 아, 진짜…….."

"어떻게 안 되겠냐? 응? 이번 일만 해결되면 너희 전문 경영인 들일 테니까."

"후우."

고연미는 길게 한숨을 쉬었다.

이건 재판에서 이기는 게 문제가 아니다.

이길 수야 있다.

하지만 그 전에 이미 클로버는 작살났을 것이다.

"노 변호사님한테 물어볼게요."

결국 이런 어려운 사건을 해결해 줄 수 있는 이는 단 한 사람, 노형진뿐이었다.

⚖️

"역풍요?"

"네, 그걸 노리고 증거부터 모으고 터트리려고 했다는데."

"그런데 역풍이 안 분다?"

"네."

"아니, 사장님."

노형진은 어이가 없어서 혀를 끌끌 찼다.

"한국에 역풍이 어디 있다고. 특히 언론에 역풍이 불 리가 없잖아요."

한국에는 역풍이 없다.

대충 이해가 간다.

강력한 증거를 내밀면 언론에서 대서특필해 줄 테고, 그걸 가지고 클로버의 무죄를 증명함과 동시에 다시 한번 유명세를 떨칠 계획이었을 것이다.

　아마도 노이즈 마케팅을 할 계획이었을 가능성이 높다.

　"누가 이러자고 하던가요?"

　"우리 이사가 그러더군요."

　사장인 심한규의 말에 노형진은 긴 한숨을 내쉬었다.

　이사라니. 물론 그럴듯하게 포장했을 것이다.

　"그리고 그 이사는 새로 들어온 사람이죠?"

　"네? 아, 네. 글로벌 마케팅 담당으로 들어왔습니다. 다른 곳에서 일한 전력이 있는 사람입니다."

　"그 다른 곳이 대형 엔터?"

　"네, 그쪽 글로벌 마케팅 팀 소속이었습니다."

　노형진은 쓸쓸하게 웃었다. 대충 눈치가 보인다.

　"그 사람이 이력서를 낸 거죠? 그리고 그 전 회사에 확인은 안 해 봤고."

　"네."

　"그러면 그 사람이 사고 치고 그만둔 건지 아니면 자발적으로 그만둔 건지도 모르시겠네요?"

　"아……."

　심한규는 긴 한숨을 내쉬었다.

　"아니, 초보도 아니시지 않습니까? 그런데 왜 그런 실수를 하십니까?"

　노형진은 머리를 절레절레 흔들었다.

"그냥 사람은 믿는 게 좋다고 생각해서……."

"사람을 믿는 건 믿는 거고, 일은 일이죠."

그 사람에 대해 제대로 알아보지도 않고 고용하면 나중에 문제가 생길지도 모른다.

물론 단순히 서류 작업을 하는 사람이라면 교체하면 그만이지만, 사람을 상대하는 이런 직업은 잘 알아봐야 한다.

"실제로 이런 일이 얼마나 많은지 아시지 않습니까? 특히 엔터테인먼트 쪽에 생양아치 새끼들이 많은 건 다 아는 사실이고요."

실제로 모르는 사람들이 엔터 쪽에 투자를 할 때 가장 많이 접근하는 것이 바로 매니저들이다.

경험이 있으니 투자하면 확실하게 띄워 줄 수 있다고 접근하지만, 실질적으로 그가 그 정도 능력이 있는지는 알 수가 없다.

매니저도 실장급이 있고 로드급이 있으니까.

"전에도 한 그룹이 그렇게 가지 않았습니까?"

"……."

매니저 한 명이 투자를 받아서 걸 그룹을 론칭 했다.

그런데 이 녀석이 나름 머리를 써서 노이즈 마케팅을 시도했다.

문제는 노이즈 마케팅의 경우 그걸 반전시킬 뭔가가 준비되어 있어야 한다는 것이다.

그런데 이놈은 그냥 노이즈 마케팅만 했고 그걸 반전시킬 방법은 없었기에, 걸 그룹은 악평 속에서 단시간에 사라졌다.

"미안합니다."

"휴우."

고연미는 머리를 절레절레 흔들었다.

착하기는 해서 그런지 운은 좋았지만, 아무래도 이젠 끝난 것 같았다.

"상황이 너무 안 좋아요."

노형진은 기록을 보면서 눈을 찌푸렸다.

반전을 일으키려면 최대한 준비를 많이 해야 한다.

그런데 아무런 준비도 없이 그냥 반전만 노렸다.

"그래도 노 변호사님에게는 뭔가 방법이 보이지 않으세요? 몇 번 반전 전략을 써먹어 보셨잖아요?"

역풍을 불러오는 반전 전략은 효과가 아주 강렬하다.

그래서 노형진 역시 그러한 반전 전략을 가끔 쓴 것은 사실이다.

"그건 어디까지나 기자들을 제외한 다른 대상들을 상대할 때만입니다. 반전 전략의 핵심은 기자들이에요. 그들이 퍼 날라 주지 않으면 아무런 의미가 없습니다."

그래서 지금까지의 반전 전략은 그들을 제외한 관심을 불러일으킬 수 있는 대상이 핵심이었다.

"하지만 그건 어디까지나 기자들이 밟아도 되는 대상에 한

합니다."

쉽게 말해서 기자가 기사를 썼을 때 그가 기자에게 보복을 할 수 있는 사람이라면 기자들은 절대 쓰지 않는다.

"가령 거대 기업의 부장이 음주운전으로 사람을 쳤다면? 기사가 나갑니다. 그러나 같은 기업의 부장이지만 차기 회장이 될 가능성이 높은 후계자가 음주운전을 했다면? 절대 안 나가죠."

"끄응……."

"역풍요? 그거야 좋지요. 충분히 이슈 탈 수도 있고요. 하지만 그건 어디까지나 기자들이 '내가 밟아도 이 새끼는 저항 못 하겠구나.'라는 걸 알아야 합니다."

사람들이 잘 모를 뿐 한국 사회에서 기자라는 존재는 하나의 권력 집단이자 동시에 하나의 귀족 계층을 형성한 지 오래다.

"기자들은 공공연하게 서민들을 버러지 취급합니다. 그 애들은 이미 어마어마한 권력자들이에요."

그래서 노형진이 새로운 언론사를 만들고, 인터넷 언론사를 만들고, 경쟁하는 다른 시스템을 만든 것이다.

그래야 그들을 통하지 않더라도 충분히 진실을 알려 줄 수 있으니까.

"저는 그런 준비가 되어 있기에 역습 전략을 쓰는 겁니다."

기자들이 뿌리지 않아도 노형진 스스로 충분히 대중에게

어필할 수 있기에.

"하지만 연예 기획사들은? 아니죠."

절대적으로 언론사들에 기대어 있다.

사실상 언론과 기자를 제외한 홍보 창구는 없다.

"제가 만든 곳들은 대부분 정치사회 쪽이죠."

그래서 그들은 대놓고 저항하지 못한다.

물론 대룡의 인터넷 방송국이 있기는 하지만 그곳은 프로그램을 만들어 주는 곳이지 홍보를 해 주는 곳이 아니다.

"너무 위험한 게임을 하신 겁니다."

"……."

말을 못 하고 고개를 푹 숙이는 심한규.

할 말이 없었다.

그냥 어설프게 따라 하려고 한 게 문제였던 것.

"그나저나 성 상납을 요구한 놈이 누구입니까?"

"그게……."

쉽게 말을 하지 못하는 심한규.

"대충 어느 레벨인지 아니까 말씀하세요. 기자들이 아가리 다 닥치고 있는 거 보니까 상당히 고위직 아니면 재벌가 쪽인 것 같은데."

"고성균……입니다."

"고성균요?"

"네."

노형진은 입을 쩍 벌렸다.

그가 아는 사람들 중에서 이 정도 역풍을 막을 수 있는 고성균은 한 명뿐이다.

애초에 고성균은 역풍이라는 게 생길 수가 없는 인간이다.

착해서?

아니다. 그의 이름을 기사에 올리는 것조차도 금기시되니까.

"그 사람, 애국신문 부사장 아닙니까?"

"네……."

"신문사 사주 가문을 상대로 역풍을 시도해요? 진짜 제가 어지간하면 이런 말씀 안 드리는데, 미치신 겁니까?"

애국신문 부사장. 그리고 동시에 저널한국의 대표. 거기에다 한창 성장하는 종편의 이사장.

쉽게 말해서 한국에서 손꼽히는 사주 가문의 후계자 중 한 명이라는 소리다.

"그걸로 역풍이 불 거라고 생각했습니까?"

"……."

역풍은커녕 매장이나 안 당하면 다행이다.

그만큼 그들의 힘은 어마어마하다.

"아니, 거기는 입을 다물어도 다른 경쟁 신문사들이 공개해 줄 거라 생각해서……."

"아…… 끄응……. 아이고, 머리야. 심 사장님, 지금까지 언론사들이 상대방 언론사를 직접적으로 까는 거 보신 적 있습니까?"

　외부적으로 그들은 라이벌이고 으르렁거리지만 그건 어디까지나 정치적인 견해와 방향에 대해서만 그렇지, 실질적으로 상대방의 추문에 대해서는 절대 입을 다문다.

　진보 신문에서 살인 사건이 났을 때 보수 신문에서는 입을 다물었고, 보수 신문에서 사건이 터졌을 때 진보 신문도 입을 다물었다.

　"언론인이라는 인간들은 겉으로만 으르렁거립니다. 방송 카메라가 딱 꺼지는 순간 손잡고 같이 룸살롱에 가는 놈들이 기자들이란 말입니다."

　"아……."

　노형진의 말에 심한규는 더욱 침울하게 고개를 숙였다.

　"심각한 문제군요. 이건 우리가 아무리 공개를 하려고 해도 절대 안 퍼질 겁니다."

　"저기, 노 변호사님. 코리아 타임라인은 어때요?"

　그쪽은 그나마 양심적인 언론사다.

　그러니 그쪽에 준다면 터지기는 할 것이다.

　"하지만 코리아 타임라인은 아직 힘이 약해요."

　노형진도 그 생각은 했다.

　하지만 문제는 증거가 없다는 거다.

　"지금 증거라고 제시한 것이 녹음 파일뿐이지 않습니까?"

　"네! 당연히 그렇지요. 이 녹음 파일만 있으면……."

이것이 법이다

고성균이 클로버를 원한다, 적당한 상납을 하면 이쪽에서 적극적으로 밀어줄 수 있다……라는 식의 말이 녹음된 파일.

노형진은 심한규를 보면서 혀를 끌끌 찼다.

"이 소리를 한 게 고성균은 아니지 않습니까?"

"네?"

"고성균이 직접 말한 게 아니라 다른 사람이 말한 거잖아요."

"당연히 그건 고성균이 시킨 거겠지요. 그렇지 않고서야 우리한테 할 말이 아니지 않습니까?"

"그건 그렇지요. 시켜서 한 거겠지요. 그런데 그거 입증하실 수 있습니까?"

"네?"

"그치들이 바보입니까? 그 애들이 왜 상납을 받을 때 브로커를 끼는데요?"

브로커들에게 주는 돈은 절대로 적지 않다.

사실 상납만 받는 게 목적이라면 그냥 당사자나 소속사에 직접 전화하면 그만이다.

"하지만 그놈들은 꼭 브로커를 낍니다. 아마도 그게 성공했다면 브로커는 몇천 정도는 쉽게 가지고 갔을 겁니다."

"그야 그렇겠지만……."

"대신에 문제가 터지면 모든 책임은 브로커가 집니다."

만일 심한규가 이 문제를 공론화시키면? 그리고 이 자료를 가지고 고소하면?

"마지막에 나오는 건 고성균이 아니라 브로커다?"

"브로커의 답변은 정해져 있지요. 그냥 장난으로 한 거다, 아니면 돈이라도 뜯어내 보려고 했다 등등."

애초에 브로커는 고성균에게 속한 사람이 아니다.

당연히 경찰에서는 딱 거기서 수사를 멈출 것이다.

"아마도 경찰은 이 사건을 브로커의 장난쯤으로 보고 종결하겠지요."

실질적으로 돈을 주고받은 것도, 만난 것도 아니고 그냥 전화로 요구만 들어온 것이다.

"이건 브로커가 장난이라고 주장하면 경찰도 뒤집지 못합니다. 애초에 경찰이 뒤집을 생각도 없을 테고요."

그리고 그걸 기자회견으로 터트린 심한규와 클로버는 명예훼손과 허위 사실 유포로 처벌받을 테고, 언론사에서는 어떻게 해서든 그들을 죽이려고 덤빌 것이다.

"그러면 사장님과 클로버는 끝장나겠죠."

"아아…… 내가 이 무슨 멍청한 짓을……."

심한규는 아차 하는 마음에 두 손을 들어서 얼굴을 가렸다.

그럴듯해서 혹해서 넘어간 것이 화근이었다.

노형진은 그런 그를 보면서 안타깝다는 생각이 들었다.

'이런 사람들이 있지.'

선천적으로 선한 사람, 다른 사람들을 잘 믿고 기회를 주는 사람.

그는 사회에 이득이 되는 사람이기는 하지만, 궁극적으로는 그 자신이 손해를 본다.

그런 사람들은 사회를 살면서 많은 사람들에게 피해를 입고 끝내는 마음을 닫고 세상과 사람들에게서 거리를 두는 법을 배운다.

'하지만 계속 운 좋게 좋은 사람들만 만나는 사람들이 있지. 아니, 운이 안 좋은 건가?'

그러다가 아주 크게 뒤통수를 맞는다.

차라리 그가 자잘하게 몇 번 당해 봤다면 이 정도로 멍청하게 당하지는 않았을 것이다.

하지만 이미 당했고, 해결책은 보이지 않는다.

"산부인과 검사 같은 걸 하면 안 될까요?"

갑갑한 마음에 고연미가 말을 꺼냈지만 노형진은 고개를 흔들었다.

"이런 걸 가지고 산부인과 검사를 했다는 것 자체가 걸 그룹에게는 이미지상 좋지 않아요. 설사 한다고 한들 그걸 언론사에서 국민들에게 알려 줄 거라 생각하십니까?"

그럴 리가 없다.

그런 언론사라면 애초에 이쪽에서 고민을 할 필요가 없다.

"아니, 그걸 제시한다고 해도 믿지 않을걸요. 과거에 모 여배우 사건을 기억해 보세요."

그 여배우는 워낙 예쁘게 생겨서 성형을 했다는 말이 많았다.

급기야 어떤 언론사에서 그녀가 전신 성형을 했다고 기사를 썼고, 순식간에 그녀는 성형으로 스타가 된 돼지라는 별명을 얻었다.

물론 그건 불가능하다.

물론 얼굴 형태는 바꿀 수 있다.

하지만 안전하게 지방을 흡입할 수 있는 한계는 2킬로그램 정도.

그 이상은 위험도도 있거니와 전신에서 빼내는 행위를 하면 수술의 위험도는 급상승한다.

"과학적으로 그게 안 된다고, 그녀도 그녀의 소속사도 심지어 성형외과 의사도 말을 했지요."

하지만 언론사는 그 말을 믿지 않고 속칭 돼지 성형설을 계속 주장했다.

그리고 그 증거라고 내놓은 것은 20년 전, 그녀가 살이 쪘던 시기의 사진 한 장뿐이었다.

성인도 아니고 고작 초등학교 5학년 때의 사진.

"그러네요……."

결국 소속사는 그녀를 위해 대놓고 병원에서 기자들을 불러 놓고 검증을 받았다.

엑스레이부터 CT와 MRI까지 동원해서 그녀가 성형하지 않았다는 걸 증명했지만, 결국 아무런 소용도 없었다.

"그러네요. 그걸 올린 언론사가 고작 세 곳이었으니까."

그것도 단신으로 말이다.

바로 하루 전만 해도 성형 돼지설을 연예계 메인으로 때리던 작자들이 한 짓거리다.

"그리고 그 배우는 매장당했죠."

아무리 진실이라고 해도 이미 성형으로 몰려 버린 상황에서 이미지 때문에 그녀를 쓰고자 하는 드라마나 영화는 없었고 그게 그녀의 끝이었다.

"언론사들은 자신의 잘못을 절대 인정하지 않습니다."

잘못된 정보를 공개하지 말라고 하면 언론 탄압이라고 주장하면서 정작 잘못된 정보가 공개되면 그럴 수도 있는 일 아니냐면서 뻔뻔하게 나온다.

"재판을 하면 이길 수는 있겠지만."

실제로 그 여배우를 비롯한 많은 피해자들이 기자들에게 소송을 걸어서 재판에서 이기기는 했지만 이미 망가진 이미지를 고치지는 못했다.

"한국의 손해배상액은 터무니없으니까."

그 배우가 제대로 성장했다면 1천억대 자산가가 될 수도 있었겠지만 그 당시 그녀에게 배상된 돈은 고작 2천만 원뿐이었다.

"노 변호사님, 제발 부탁드립니다. 저는 이대로 은퇴하겠습니다. 제가 멍청해서 이런 일에 제대로 대응하지 못한 죄가 큽니다. 다만 제발…… 우리 애들, 클로버 애들만 구해 주십시오. 그 애들, 수년간 가수가 되겠다고 먹고 싶은 것 못 먹고, 자고 싶은 만큼 못 자고, 놀고 싶은 것도 다 포기하고 연습만 하던 애들입니다. 그 애들이 이렇게 망하면 저는 진짜 볼 면목이 없습니다."

심한규는 노형진에게 매달리면서 울었다.

자신이 얼마나 큰 실수를 했는지 이제야 안 것이다.

"하아……."

노형진은 머리를 긁적거렸다.

"차라리 재판이 편한데."

기자들조차도, 아니 대한민국의 언론 자체가 움직이지 않는 상황에서 국민들의 여론을 뒤집는 것은 절대로 쉬운 일이 아니다.

아니, 거의 불가능하다.

더군다나 고성균이 괘씸하다고 생각해서 계속 괴롭힐 테니 더더욱 힘든 싸움이 될 것이다.

'하지만 그냥 넘어갈 수는 없겠지?'

엔터테이먼트조합 쪽에는 노형진과 그들이 뭉친 힘 덕분에 성 상납 요구가 들어오지 못한다.

하지만 개별 회사는 아니다.

아니, 그쪽이 막혀 버리니 개별 회사에 더더욱 그러한 요구가 들어갈 가능성이 높다.

"알겠습니다."

노형진은 고개를 끄덕거렸다.

"쉬운 싸움은 아니겠지만요."

하지만 한 가지는 확실했다.

누군가는 해야 하는 싸움이었다.

'그리고 내가 아니면 누구도 하지 않을 싸움이지.'

그 사실을, 노형진은 누구보다 잘 알고 있었다.

다음 권으로 이어집니다

무림초보
천마 만들기

쥬레이 신무협 장편소설

무공을 1도 모르는 무림 초보도 천마가 될 수 있다!
킹메이커를 뛰어넘는 천마 메이커!

신상 무협 게임에 접속하려다 정신을 잃은 서정후
느닷없이 무림에 떨어진 데다 뇌옥에 갇힌 채 눈을 뜨는데……

> 당신도 될 수 있다, 최강의 천마!
> 목표를 이루실 수 있도록 돕겠습니다.
> '무림 초보! 천마로 만들기!' 지금 시작합니다.

새로운 세계에 적응하기도 전에 나타난 수상한 홀로그램 창은
하루하루 밥 벌어먹기도 힘든데 천마가 되라고 한다?

가진 것 하나 없이 밑바닥에서부터 기어오르는
근본 없는 놈의 대반전 천마 도전기!

회귀자를 건드리면 벌어지는 일

이해날 퓨전 판타지 장편소설

복수력 MAX! 통수력 MAX!
판타지에서도 이해날의 대유잼은 계속된다!
『회귀자를 건드리면 벌어지는 일』

인류의 존망을 걸고 이계와 싸우다
배신당하고 과거로 돌아간 유성현
유폐된 신 지르힐과 계약하고
자신이 예언 속 인물임을 알게 되는데……

"그와 계약한 존재는 전지전능해진다고 하지.
그 힘을 취하기 위한 전쟁이 일어난다면,
넌 어떻게 할 생각인가?"

힘을 탐내는 존재들을 죽이고 이용해
인간을 초월하지만
그가 바라는 것은 오직 인류의 승리뿐!

무량대수의 미래, 그중 단 하나의 가능성을 찾아라!
두 개의 세상이 격변하는 통쾌한 반전이 시작된다!